余事

周 振 鹤 著

若觉

周振鹤随笔集

中华书局

图书在版编目（CIP）数据

余事若觉/周振鹤著. -北京：中华书局,2012.3
ISBN 978 - 7 - 101 - 08505 - 1

Ⅰ.余…　Ⅱ.周…　Ⅲ.随笔 - 作品集 - 中国 - 当代
Ⅳ.I267.1

中国版本图书馆 CIP 数据核字（2012）第 009542 号

书　　名	余事若觉
著　　者	周振鹤
责任编辑	李　静
出版发行	中华书局
	（北京市丰台区太平桥西里38号　100073）
	http://www.zhbc.com.cn
	E - mail:zhbc@ zhbc.com.cn
印　　刷	北京瑞古冠中印刷厂
版　　次	2012 年 3 月北京第 1 版
	2012 年 3 月北京第 1 次印刷
规　　格	开本/850×1168 毫米　1/32
	印张 8¼　插页 2　字数 200 千字
印　　数	1 - 6000 册
国际书号	ISBN 978 - 7 - 101 - 08505 - 1
定　　价	20.00 元

目
次

CONTENTS

序

中华书局四年以前约稿于我，希望能出一册随笔集。但是我是一个慢手，又处在一大堆"正事"的挤压下，产出很少。当时所积累的一些篇什，被另一个出版社很客气地一古脑儿出成不薄的一册。于是这个账就一直欠到今年，很惭愧。与前几本随笔集一样，这一册也是"杂碎"（这是我最喜欢的北方小吃之一，每次晋京必到隆福寺吃它一碗），不成体系，其中关于语言方面的尤其零碎。那原是应一个专栏而写的，但后来觉得没有时间继续下去，就戛然而止了。

回想起过往这几十年里我所做的事，大致可分为"正事"和"余事"两类，且得分两橛来说。我参加过两次高考，正好相隔二十年。头一次高考是 1958 年，非常"古早"——我老家之一的厦门话，太古遥远年代的意思。那一年生人现在都已年过半百，在报纸社会新闻栏里已不时被称为老汉或老妪。考上的专业是采矿，既非我的志愿，亦非按考分排座次得来，而是根据出身成份而定。这以后二十年我的正事就是学习五年采矿工程的功课，实践十五年采矿助理工程师的工作。我的余事则是读各种各样的杂书，最主要是历史类，其次是语言类。第二次高考是 1978 年，也已去今多时（那一年生人，据说在与 80 后、90 后比较的过程中有的已经觉得自己"臻入老境"），乃是以余事的水准报考研究生，并且按照自己的志愿录取到历史地理学专业，映射出二十年间中国翻天覆地的变化。这以后三十来年的正事，就是头五年的硕士生与博士生课程学习，以及后面近三十年的历史地理学的"教学科研"工作。余事则是将前二十年没有范围没有章法的读书继续下去，并且开始将自己关于历史学、文化语言学、中外文化关系史、近代新闻史等方面的一些粗浅的想法，或写成专书与文章，或写成篇幅不长的所谓学术随笔。后者已经结集的有三种，本书是第四种。以数年光阴得此，实不多也。

检点三十年来的"著述"，正事余事似已不分轩轾，在作为科研成果的专著或论文集里其实也多有余事掺入其中。不过这本随笔集，倒还是余事为多。只有第一篇是正事，为纪念吾师季龙先生而写的文字，但也是随笔性质，至若学术性的纪念，应该是正式的学术论文的任务，不是一篇短短的随笔所能包容的。其他还有两篇原是学生著作的序言，因为表达了一些自己认为比较重要的观点，也放在这里。总之，用老话来讲，只不过是敝帚自珍，以及中华的好意，所以才拿来"现世"——这个词在厦门话上海话里均是"丢丑"的意思。

《列子》载杨朱之语曰："五帝之事，若觉若梦。"本书所收"余事"自非梦呓，但也谈不上是觉悟之言，"若觉"而已。写不出什么正式的序，就以上面这些话作为这本小书的引言吧。

料青山见我应如是
——怀念我的老师季龙先生

一个人一辈子会遇到许多老师，但要到研究生阶段，指导老师才是专一的，这是真正意义上的授业师。我的授业师是谭季龙（其骧）先生。古人有名有字，名是让父母呼唤的，字是让他人称呼的。礼崩乐坏之后，字不见了，大家直呼其名。不过师母在世时称老师都是"季龙，季龙"，古意犹存。而老师与夏鼐先生在七八十年代通信时虽已互称同志，但"同志"前面仍以作铭、季龙相呼，绝不称名。如今既然风俗丕变，我们也应该从俗入流，至于这算是进步还是退步，也不必深究了。1978年以前我与绝大多数青年一样，并不知道谭其骧先生是谁，纯粹因为恢复研究生招考制度误打误撞而入谭门。头一次见老师是在龙华医院，那是老师中风以后，正在康复之中，只能在医院对我们进行入学面试。最后与老师告别亦在医院里，1992 年 8 月 28 日子夜在华东医院。首尾一十五年，耳提面命，一切犹历历在目。今年适逢老师百年冥诞，许多往事涌上心头，竟一时不知从何说起。

文革后头几届研究生的教学因承大乱之后，并无一定之规，不像今天严格规定要上几门专业课，几门专业基础课，而基本上全凭导师个人的指导。我记得季龙师给我们几个人正式上过一些课，但并不算多，其余时间主要是与我们讨论闲谈，在不经意中教给我们学问之道。即使正式上课也非常专门，决不从 ABC 讲起。记得有一次借辞书出版社一个地方给我们讲《水经注》，一开始就讲"江水注"中的江、沱部分。这个课我印象极深，因为从此领悟了读书之道。不久后我自己在读《水经注》时，就发现其中"浊漳水注"里有部分文字错简，前人都没有注意到，以至杨守敬的《水经注图》也错画了。而更重要的是这样读书让我明白了"尽信书，则不如无书"的道理。

从硕士生到博士生的几年当中，其骧师对我们始终都以讨论对象相待，或者说，将我们当成会者来教，使我们的专业水平提高得很明显。他也不为我们预设硕士与博士论文题目，全凭我们的兴趣自行选择。影响到我们以后自己带研究生，也决不事先将他们的论文纳入自己的科研项目中，而是让他们有自由的选择的空间。除非他们没有特别的思路，才给他们提出适当的建议。老师将我们当成研究的同伴是有历史渊源的。因为他自己读书时就曾与他的老师顾颉刚先生平等地讨论两汉州制的问题，得到顾先生的鼓励。那次讨论显示了其骧师在这个论题上有超越他老师之处，说明了"弟子不必不如师"的道理。同样他也认为我们应该超越他的水平，这才是学术发展的正道。其骧师于我而言是一世之师，而不是一时之师。是我的授业师，也是我的得法师。有的老师只领你入门，有的老师则伴随你的一生。

学问之道十分专门，有些题目研究难度之高只能是冷暖自知，能够师生相得已是不易，至于要为行外所完全理解，恐怕不是较难的事。大家都知道谭先生一生的最主要贡献是在《中国历史地图集》上，但并不一定了解地图上一条线、一个点的确定是经过怎样的艰辛。严格说来，其骧师并没有专著，在《中国历史地图集》之外，他的专门著述就是《长水集》及其续编，这是谭先生一生论文的结集。如果没有编纂历史地图集这个工作，谭先生个人的学术成果自然会更加丰富，但依我想来也未必会有许多专著行世。因为谭师的写作方式与别人不同，能用简单的文章说明的问题，决不将其拉为长篇，能用文章说明的问题也不一定要用专著的形式来发表。他在担任《历史地理》辑刊主编时，在所审阅的稿件上经常会写下这样的评语："这是一两句话就能说清的问题，为什么要写这么一大段话？"由于编纂历史地图集耗去他大部分的精力，以至他还有许多想要写的东西没有写出来，甚至在老师最擅胜场的疆域政区方面，他都没有时间留下一部书稿，长使后人扼腕叹息。好在去世的前一年，他终于拨冗写出了四万多字的《简明中国历史地图集》的图说，才稍稍弥补了这一遗憾。他真正是将自己的一生献给了集体事业。其实在历史地理之外，老师还有许多真知灼见来不及发表，譬如在民族史方面。因此我总在想，真正有学问的人正是带着一肚子学问离开的，而不是将墨水全倒光了而靠空谈度日的。

1980 年，其骧师被选为中国科学院地学部学部委员（即今院士），我向他表示祝贺，不料他却出人意料地说，"中科院学部委员旧浙大的人多，所以认识我的人也多。"言下之意是认识我的人多，投我的票的人也多，我才成了学部委员。这话给我极深的震动，这是真正有学术底气的学者才说得出的话，而不止是一般的谦虚之语。同时也教育我，无论什么时候，对比起无涯的学术来，都要对自己有清醒的认识，切勿以为自己就是真理的化身。

除了是历史地理学的权威以外，老师同时也是现代中国学术史上最重要的历史学家之一。他所做的研究可以说是侧重于技术史学方面，也就是以坚实的考证来建立自己的论点。在诠释史学方面他也做了极其重要的工作，其中尤以如何定义各个历史时期的中国范围最为重要，现在依然是学术界界定历史上的中国疆域的指导性原则。但是对于空头的理论，谭师却是不以为然。有一次在他家里，因为说到什么事，提及理论修养，他拱了拱手，显然是敬谢不敏。这个场面我记忆犹新，尤其记得当时在场的还有文博系的一位先生。

求真存实一直是老师做学问的基本原则，即使是维护民族利益与国家利益也必须建立在学术求真的基础上。讲真话不但是做人也是做学问的基本原则，这一点可能过去不大被重视，甚至不被重视，以为只要对国家民族有利，历史不妨迁就一点。老师求真存实的治史与不惧压力的态度是我们一生最好的榜样。

老师认为自己不能诗，不善书法。所以几乎不做诗，也很少为人题字。但在我知天命之年，却主动提出要为我写一幅字，并征询我愿意写什么内容，让我喜出望外。我因为喜欢辛弃疾，就跟老师说，辛词我很爱读，但一般可能都欣赏他的雄浑豪迈的字句，我则钟情于"我见青山多妩媚"，我刚念到这里，老师就接着背下去："料青山见我应如是，情与貌，略相似。"于是师生相对而笑，至今我还深深记得这个场景。老师是很重师生感情的。有一次我的文章里写了谭其骧教授这样的称呼，他看到了就马上纠正我说，我们有这个（即师生，但他没用师生这个词）关系，所以你不要用教授这个称呼。这句话让我感动至深，这是师视生犹子，则生视师当如何，做学生的自己心里真应该清楚。

老师离我们而去已经近二十年了，我也早就忝为人师，但这些天来，我一直在想，比起我的老师来，我们差了什么呢？学识？气概？还是情操？

2010年阅读记录片断

　　新伟兄来信询今年读了哪些有意思的书，竟一时语塞。书是读了一些，但若按要求只举两本书，则不知写哪两本好。我是一个愚钝的人，对新思潮、新理论、新方法一类书虽然心向往之，但看得并不多，或者就直白地说，我每年总是看旧书多过于看新书。但旧书也不全然旧，往往很热衷于看旧书或旧文献之中的新。其中一类是新出土的文献，另一类是从未印行或从未有人注意的旧文献。目的只有一个，冀其补充传世史料之不足。前一类先不讲，只举后一类，今年就读了两种颇有意思的书。第一种是《澳门番语杂字全本》。说实在，这本书读的不是真书，只是电子版。因为原书存于德国国家图书馆。这本书是存世的唯一一本中葡混合语的语汇书，而且还只是半本残书，但却珍贵无比——这当然只是我个人的看法。语言接触是语言发展史上的常事，十六世纪中葡萄牙人占据了澳门，就在澳门及其附近形成了一种中葡混合语，这种语言至今没有学术定称，或称土生葡语，或称洋泾浜葡语，或称澳门葡语，而由此书可知当时民间称做澳门番语。葡萄牙的势力后来衰落，而英国人兴起，于是红毛番话，即广东英语、洋泾浜英语渐次流行，澳门番语渐渐退出历史舞台。于是今天仍可看到世界上有些图书馆存有《红毛番话》一类书，而长久以来却不知世间尚有《澳门番语》的刻本。虽然直到十九世纪三十年代，美国传教士卫三畏还见过广东佛山刊印的《澳门番语杂字全套》一书，但喜欢语言接触史研究的人，却百觅不得其踪影。一直到上一世纪末，才知道德国藏有一本（不过是广州印的），但当时因故没有看成。今年因了该馆的大度，拍照成像电传给我，于是得以止十数年之痒，其快岂是浮一大白可比。

第二本书则是上海古籍出版社刚刚出炉之《订顽日程》。版本页上写的是九月出版，其实才上市。因为看了预告，催出版社一出厂就送来，得以先睹为快。先得声明，此书琐碎饾饤，绝无可读性。但却值得一看，因为是少见的长达200万字的流水账。作者杨葆光是晚清道咸同光宣时候的人（恰死于清帝退位之1912年，已及见民国之肇始），官只做到知县，却有一点书画方面的名气。他有记日记的毅力，从同治六年一直记到光绪廿七年。日记从来为治史者所好，因为从中可以看出一些与正式场合所发表言论之差异。当然有些名人日记写的时候就存心要给后人看，而且也知道后人必定要看，所以后人也千万不能以为日记必全是作者之心声，要与其他史料对读，否则要被日记的主人牵着鼻子走了。不过流水账式的日记却比较得真，虽然读起来乏味。晚清以降，西学再次东来，传统士人如何对待，一直是我感兴趣的问题。我倒不想日记主人对此直接表态，而想从字里行间看出些端倪。果然随便一翻，便看到同治间，杨葆光有购买《中西闻见录》的记载，可见他对西洋人在中国所办杂志有兴趣。再一翻，则看见有人向他借过《西儒耳目资》，这是天主教传教士金尼阁在晚明所写的关于汉语的专著，足见杨氏好学多闻，且此书一直在中国知识分子中有影响。书才拿到两天，全部看完还要费许多辰光，不希望有大发现，只要能藉此而观见一位名气不大不小的松江人，在中国三千年未有之大变局中日常的应对举措，此书则不枉出，保存稿本的松江博物馆以及整理者就值得我们感谢。

阿美利加、纽约库、阿塔库

昨天看网上新闻，突见拉登已经毙命，遂勾起十年前一段往事，不妨写出作为应景文字。

2001 年 9 月 11 日那个世人都刻在脑海中的日子，使 911 成为各种语言中的一个固定词语。那一天，我正在罗马的意大利国家图书馆特藏部里看书。该特藏部调书只到中午为止，但阅览室实际上开放到下午六时，你只要不再请管理员往书库里取书，可以一直读到他们下班为止。但由于中午以后不再能调书，实际上许多人在下午两三点钟就已经看完书走人了。我因为知道这个规矩，就利用罗马大学马西尼教授的关系，借了特别多的书，慢慢地看。到了下午四点左右，整个阅览室除了两个管理员和我，已经空无一人。但恰在这个时候，其中的一位女管理员却蹬着高跟鞋，笃笃笃，笃笃笃，从这一头走向那一头，又从那一头走到这一头。我心里觉得十分奇怪，身为管理员难道不知道阅览室讲究的就是一个"静"字，你怎么荡来荡去，算怎么回事？于是我抬头看了看她，她也看了看我，似乎有话讲，但又没有讲出来。于是我继续埋头看书。

但那高跟鞋声音并不消停，又从这头响到那头，从那头响到这头。于是我又抬起了头，这回管理员终于走过来，很急促地跟我说了三句话，实际上是三个词，那就是：阿美利加、纽约库、阿塔库。我一时成了丈二金刚，不清楚她说什么。你知道，非英语民族说英语都免不了带有自己民族语言的腔调。她自然料定我是不会懂意大利语的，所以我确切知道她在跟我说的肯定是英语，只是无法破解她的意大利腔调。只有对第一个词还有点感觉，可能是指美国。另外两个词一点方向没有。她见我没有反应，更加着急，于是急中生智，小跑着去抱来了一部英—意大词典，然后翻开了指点给我看，第一个词我猜对了。然后是第二个词，天哪，原来是纽约。大家晓得，属于拉丁语族的意大利语与日耳曼语族的德语、英语不同，单词是不用辅音结尾的，因此有时要在以辅音结尾的外来语后面加上一个元音，以便读念。譬如 film，据马西尼教授讲，意大利人其实都读成 filme 的。我们看现在中国商场中的许多意大利品牌后面都带一个"奴"字，大家都知道是该品牌名称最后一个音节 –no 的音译。所以难怪那个管理员要将纽约读成纽约库了。但第三个词我怎么也无法聆清，却原来就是 attack！待我弄明白了这三个词后，她非常高兴。于是就接着一大堆话倾泻而下，并加上极其夸张的手势，我终于有点理解，大概是有什么东西冲击了某座纽约的大楼，然后是大楼垮塌了。于是我也夸张地大点其头，明白了这是美国新出品的一部大片。她看见我终于孺子可教，就笑了笑，合上词典，安心回到她的座位上去。高跟鞋再也不响了。我得以安静地读到图书馆关门才离开。

但是出得图书馆的大门，走到繁华的街上，就立马感觉到气氛完全不对。原来熙熙攘攘的街头，怎么忽然安静得出奇。好高声喜笑谈而且大作手势的意大利人，怎么都面带严肃，三三两两立在街头，低声细语。百思不得其解。那时的通讯远没有现在发达，就是手机也相当原始（日本当时还一会儿称其为移动电话，一会儿又叫作携带电话），何况我还没有。一直到回到借住的朋友家里，打开电视，才知道，原来并非动作大片新登场，而是现实生活发生了大变故：两架飞机冲击了纽约的世贸中心双子楼！这是比任何大片的想象力都要强的活生生的现实。尤其因为世贸中心我在 1986 年上去过，因而好像有更深一层的感受。那一年秋天，因为等英国的签证，在纽约的朋友家里呆了一个多月，经常到街上观光。有一次走过世贸中心楼下，正与朋友商议要不要上去看一看。恰好边上走过一位黑人姑娘，看到我们有要上去的意思，就自告奋勇为我们领路。我们知道上楼顶参观是不收费的（彼时囊中颇为羞涩，这一点非考虑不可），除非你喝咖啡，但你可以选择不喝。既然如此，何不叨光一次？于是就排队乘了电梯上去。但是有一点，虽然不收费，却有一个要求，要穿Jacket。可是我们两人都是衬衣打扮，怎么办？没有关系，可以借。那位姑娘早就跟管理人员说，借他们两件上衣。因为在楼顶喝咖啡的人都西装革履，若着短打则颇不相称，所以必须随俗。于是穿了上装之后，我们得以自最高处，从容眺望整个纽约城，连帝国大厦从这里望过去，也似乎黯然失色。从出生到当时，这是我登过的世界上最高的一座建筑了，印象极深。可惜当时没有带相机，未能留下到此一游的纪念。不过我在许多地方也都没有这样的留念，因为有时景致很美，生把一个丑人摆进去，很煞风景的。我来了，我看到了，我知道了，就够了。

　　但是这样一座庞然大物，竟然说倒就倒，除非亲眼看到电视，我真是很难相信。所以电视正在反复播放当时的场景，我也反复地看，回忆着恰好整整十五年前登上那里的感受。现在又将近十年过去了，但阿美利加、纽约库与阿塔库的声音还在耳边萦绕。拉登已经毙命，反恐未见得就将结束。忽然想起了伏契克的一句话：人们，你们要警惕啊。

"脱亚入欧"的虚与实

——对日本前近代社会的断想

日本的前近代社会或许可以从室町幕府的灭亡算起。与中国不同，英雄辈出并不是日本古代史的特征，但从室町幕府末期开始的战国时代却接连出了六个大"英雄"，其中的后三雄，即织田信长、丰臣秀吉与德川家康，相继创立了安土、桃山与江户时代。日本著名东洋史学家宫崎市定曾戏拟此三人为周世宗柴荣、宋太祖赵匡胤与宋太宗赵光义。安土、桃山时代虽短，但所制订的一些关键性的政治经济制度为江户时代所延用，并且改订得更为完善，从而形成了一个长达二百五十年的相对稳定的历史时期，为日本的近代资本主义转型创造了历史的基础。由于日本紧邻中国，不但早就从中国接受了汉字文化与佛教文化，而且公元七世纪大化改新的核心内容是学习中国的政治制度，从而使日本进入一个律令制时代。这就容易使人误会，以为日本的社会形态与中国相类似，一直要到明治维新以后才摆脱中国这个老师的影响，而迈入与中国传统社会完全相异的欧洲道路。其实这种看法正与事实相悖，深入理解日本的前近代社会，就会发现，日本无需脱亚早已入欧，或者换句话说，日本入欧早在江户时代初，而完全脱亚则在明治维新后。

众所周知，日本近代启蒙思想家福泽谕吉有一个著名的口号是"脱亚入欧"，不但说明他对十九世纪后期欧洲的进步表示钦佩，也表示他对于亚洲落后的绝望。这个口号表明，虽然日本地理上属于亚洲，但心中向往的却是欧洲。在福泽提出脱亚论一百年后，日本完全实现了入欧的梦想，成为西方七国集团的成员之一，而且是其中经济实力位居第二的成员。福泽的理想可以说是完全实现，今天日本之万元大钞，印上他的头像，不是没有道理的。那么福泽谕吉的愿望就那么轻易地实现了吗？日本明明地处东方，可是在经济上，甚至在政治上却被很自然地看成属于西方，这其中是不是还有其他奥妙呢？其实这个奥妙是有的，那就是日本在前近代时期，其文明形态就偏像于欧洲，而不与亚洲的大多数国家相同，更与作为汉字文化圈核心的中国有根本的不同，与同为此文化圈的朝鲜越南也不同。许多人的错觉，包括一些日本人在内，总以为在明治维新以前，中国是日本的老师，日本的整个上层建筑，从制度到文字都是从中国学来的，怎么可能不像中国而像欧洲呢。尤其是在江户时期，德川幕府处处模仿中国，汉学极其发达，对中国思想界占统治地位的朱子学亦步亦趋，怎么可能不是中国式的文明形态而偏像于欧洲呢？如果说到底，这其实正是日本文化的一大特色。我过去曾有文章比喻日本将外来文化当衣服穿，即使是对中国文化的貌似全盘的接受也是如此，只是表面的皮毛的接受。其实在日本，其政治制度与经济基础在安土、桃山时代以后就逐渐发展成为与欧洲实质一样的封建制，在江户时代前期，这种封建制完全定型，在政治方面这种制度可以称为幕藩体制，确定这一体制的法律条文是《武家诸法度》，与中国皇权专制的中央集权制的政治制度（称中国前近代为封建社会只是一种误译，此处不赘）完全是两码事。在作为经济基础的土地制度上则是领主土地所有制，与中国的地主土地所有制也根本不同。所以日本在前近代时期就形成一种身子在欧洲而脑子在亚洲的奇异现象。或者说，就是一种上层建筑与经济基础不完全匹配，甚至是完全不匹配的文明形态。

对于日本的经济制度与欧洲的相似之处，西方学者与日本学者的研究是相一致的。在土地制度方面，日本学者北岛正元认为"十六世纪以后的日本，废除了以前居于土地所有体系之顶点的都市贵族的土地所有……，使土地所有形态变成一元化的领主的土地所有。"而这种领主的土地所有制，与马克思所说的西欧中世纪领主"已经硬化了的私有财产"的领地，在形态上是近似的。江户初期所规定的《禁止田地永久买卖法令》与稍后的《分地制限令》就是形成这种"硬化"领地的法律保证。而在商业领域，美国学者 Rhoads Murphey 则以为，日本疆域较小，人口较少，而且中央权力较弱，因此容易发展出一个相对较强的全国性的国家商业体系，以及较强的并且半独立性质的商人集团，这一点与中国大不相同，而且日本的对外贸易的重要性也显然超过中国，而与欧洲近似。

其实就是从城市的形态上来看，日本的城郭与城下町也与欧洲 castle 与 downtown 的对立比较相似，而与中国城市的围墙式结构完全不同。同时在技艺上、在经济上以及在教养文化方面，虽然还带有封建的标帜，但江户时期的日本在许多方面都与同时正在出现的欧洲的民族国家相类似。尽管江户时期也有类似中国的抑商措施，但实际上，由于各地的大名要履行参觐交代制度所规定的义务，经常负债累累，不得不向商人贷款，甚至与之联姻，致使商人在客观上的地位较高，与欧洲相似而与中国不同。

与不流动的土地领主所有制相匹配的是严格的身份制，日本表面学习中国传统的士农工商四民的分等制，但在中国这种身份并不硬化，而是可以垂直流动的，尤其通过科举考试由农而士是常见现象。经济上土地的流动，所谓田无常主，富不过三代；身份上地位的变动，所谓朝为种田郎，暮登天子堂，使中国的前近代社会至少维持了千年之久，而未发生根本性的变迁。而日本的根本经济制度与社会制度则使日本的封建时期相对稳定了两个多世纪，一直到明治时期向近代资本主义制度的自然转变。所以日本前近代社会本来就是与欧洲封建形态相对一致的封建社会，日本学者将 feudality 译为封建制度不是没有道理的，虽然他们这样翻译的由头是因为幕藩制度的形态与中国西周时期的封建形态很相像，尽管有实质的不同。但这一译语却是歪打正着，因为日本与欧洲的封建形态在实质上其实也相近的。

但与这样的经济制度不匹配的，却是日本的上层建筑是对中国学术文化的移植。江户时期的汉化程度很高，德川幕府的几代将军都醉心于中国文化，甚至行事都以中国古人为典范。作为德川将军御三家之一的水户藩第三代藩主德川光圀，是一个《史记》迷，模仿伯夷叔齐的行为，将藩主的位置传给其侄儿而不是自己的子息，就是一个显例。我参观过水户藩家族的墓地，注意到其中所有的坟头都一色朝西，显然表示对中国文化的崇敬。对于中国的儒学日本自古以来就表示出高度的仰慕，但在室町时代以前，儒学的权威都掌握在僧侣手中，从江户时期的藤原惺窝起，这一情况发生了根本性的改变。藤原等江户时期的汉学家许多直接服务于德川幕府。藤原惺窝本人的学术虽以朱子学为主，但却也吸收陆象山与王阳明之说，甚至还不脱佛学的影响。藤原之后的林罗山则是更有名的大儒，连续为四位幕府将军服务，其子若孙继承家学，相继担任儒官，从林凤冈开始世代被任为大学头，掌管幕府学事。朱子学之外，阳明学在日本也一样有坚定的传人，说明中土学术对日本影响之深。江户时期的汉学家，数量多水平高，在义理、考据、词章三方面都有很高的成就。例如考据方面，山井鼎与荻生观的《七经孟子考文补遗》就受到中国学者的高度赞扬，甚而进入四库全书总目中。即使是以西方知识见长，熟谙荷兰语的兰学家，也一般都先是汉学家，而后才兼治兰学。所以他们对荷兰输入的新词都能以典雅的汉文来对译，例如将电池的两极译为积极与消极，至今还为中国人所采用，只不过转变了意思。上层的汉学家甚至可以自如地用汉文写作，而鄙称日文为倭文俚语。林罗山之子林鵞峰，记其编纂日本国史经过的《国史馆日录》，就是用纯粹的汉语文言写成的。汉学在江户日本的兴盛一直维持到幕末，即使是福泽谕吉本人，也是汉学水平不错的士人，尤其娴熟于《春秋左氏传》一书。

尽管江户幕府醉心于中国文化，但那只是停留在对高深的儒家文化的仰慕，而不是对中国所有现成制度的照搬，例如日本从未考虑采取中国的科举制，因为日本并不希望出现身份的阶层流动，也因此日本儒学者的著作究其实与乡下的农民几乎没有任何关系，甚至与町人，即城里人也没有太大关系，虽然儒家著作都是在城市里刊印的，尤其前近代的大阪是一个极重要的汉籍印刷出版中心。所以从形态上看，上层（或表层）的儒家文化与底层（或深层）的町人文化保持表面的和谐是日本江户时代文化的一个重要特征。但是，上有好者，下必有甚焉。对中国文化的深究虽然只属于上层士人，但附庸风雅却可以下达略识之无的普通人。于是江户后期，汉学就有了庶民化的倾向，只要稍有点知识的人，就争相以做汉诗相炫耀。甚至就是讲笑话，也要夹上典故。这种风气一直要延续到明治时代的前期，甚至直到中日甲午之战前夕。

江户幕府是真情地倾心于中国文化，尤其是儒家文化，但这种倾心也并非单纯的对时髦的追求，而是有其实用的目的的。江户时期的幕府与各地大名的关系只是封建式的关系，幕府并不能直接管辖诸大名的领地，大名只要履行参觐交代以及进贡的义务，就是自己领地上的主人。而且根据与幕府将军的亲疏关系以及与幕府所在地江户的地缘远近关系，诸大名有亲藩大名、谱代大名与外样大名之别，许多外样大名更是趁着山高皇帝远，对幕府存有二心，幕末明治之际，倒幕运动的发起与四个著名的外藩，即萨摩藩、长州藩、肥前藩与土佐藩就有直接的关系。因此江户幕府必然需要思想武器来对付存有贰心的大名，这一武器最合适的莫过于儒家学说，尤其是朱子学。尽管朱子学是中央集权制度下产生的思想体系，而日本并非中央集权制国家，可是一样可以为幕府所利用，强调对君主的效忠被转用于大名对将军的输诚。而事实证明，这一提倡是有效的。许多大名竞相以对汉学的熟悉程度比高低，而幕府也收到加强相对集权之效。以至于在挟关原战役与大阪之役胜利之威后，江户幕府所制定的《武家诸法度》能保证得到很好的实施。幕府甚至有力量可以对大名实行更封（迁移到另外的封地上去）以及削减部分的领地，虽然这种权力与中央集权制下的皇权不能相比，却与中国西汉初年的中央集权制下的封建制有点相似，颇有点处于封建与中央集权之间的状态了。

但是随着社会的变迁，例如土地已经开始变相买卖，商人的势力已经越来越大，与庶民关系不大的，以朱子学为代表的儒家学说就慢慢不吃香了，而到了幕末，与欧洲文明率先接触的萨摩藩等外样大名，首先扯出王政复古的旗号，目的却是要以欧洲的文明为模式来改造日本，脱离幕府的压迫，他们已经看到了欧洲文明优越于中国文明的地方。到了明治维新以后，学习欧洲渐渐蔚为风气，因此福泽谕吉适时地提出了"脱亚论"。主张日本"所奉行的主义，惟在'脱亚'二字。我日本之国土虽居于亚细亚之东部，然其国民精神却已脱离亚细亚之固陋，而转向西洋文明"。福泽的脱亚的这个"亚"其实指的只是中国与朝鲜，也就是脱离落后的中国与朝鲜的影响，而且最重要的即是思想文化方面的影响。那么脱亚之后去向何方呢？福泽断然而言："与其坐等邻邦之进，退而与之共同复兴东亚，不如脱离其行伍，而与西洋各文明国家共进退。"脱亚之后即是入欧，虽然福泽通篇文章没有"入欧"二字，意思却是明白的，所以后人总结其思想为"脱亚入欧"的口号。

有趣的是，福泽这篇语气严厉的文章却是以不署名的方式作为1885年3月16日《时事新报》的社论发表的（该文原来甚至也没有标题，《脱亚论》乃后人编辑福泽著作时所加）。此时去江户幕府的大政奉还已经十七年，下距甲午中日战争只有九年，日本国力已经大有长进，"入欧"已经由表及里，何以福泽还有点遮遮掩掩之态？原因恐怕还在于历史上中国文化对日本的影响实在太过深远，担心"脱亚论"一时还不能被广泛接受的缘故。甚至就是向西方学习而言，中国人一开始也走在日本前面，就连福泽本人学习英语也是通过中国人于咸丰年间所编的《华英通语》而开其端的（后来他将该书加上假名注音而重新出版，作为民众的英语启蒙读物）。上面也已经说到，汉学在江户时代后期有庶民化的倾向，而即使明治维新后，欧风已经东渐，许多人仍以懂汉文，做汉诗为时髦，如身为贵族的大河内辉声在明治初年还特意拜中国士人王漆园为师学汉文（更有意思的是，1943年日本留学德国的著名哲学家井上哲次郎在其回忆一生的《怀旧录》里，也还竟然不搬弄洋文以显示其水平，而是留下许多汉诗，以表明其修养）。甚至到甲午战争临近时，日本许多普通百姓还觉得政府必定是出了问题，否则怎么能跟中国开战呢？而这种状态正是福泽忧心之所在，也是"脱亚论"出炉之推力。未曾想，中国海陆军一触即溃，从此中国在日本的威信一落千丈，即普通百姓亦看不起大清帝国了。"脱亚论"收到了明显的实效。所以这个口号不但在日本是人人耳熟能详，而且连后来的土耳其民族复兴运动也用上了。

平心而论，根据上面浅薄的分析，我们可以说，脱亚只是脱掉日本表层的儒家文化，入欧却是穿上与日本经济基础相配的欧式外衣。进一步而言，日本的政治经济制度本来就与欧洲相类，形式上的入欧极其便当，所以我们可以说日本入欧其实是虚的，实实在在的却是在于脱亚。而脱亚其实又只在脱离与中国朝鲜表面相似上层结构的特征，尤其是脱离中国思想意识的影响，政治制度的羁绊，以为日本完全接受欧洲政治思维与民主制度铺平道路，如此而已，岂有他哉！当然这只是学习日本史之后一己之思路。至于福泽谕吉在提出"脱亚入欧"口号时，是否有脱亚是实而入欧是虚这样的自我意识，恐怕还值得深入探讨。因为对江户时期政治体制的学术研究是到了昭和时期才深化的，甚至就是"幕藩体制"这样的用语也是昭和初期才提出来的。一件历史事实在发生的时候，无论当局者或者旁观者未必都能对其实质有清醒的意识，只有在经过历史的长期积淀之后，才更容易看清其来龙去脉而对之进行较为合理的解释。

求真存实还是经世致用

——《中华文史论丛》与我

经世致用是中国最重要的文化传统之一。无论庙堂之高或江湖之遥，国人做事最先想到的就是"有什么用"？有用即做，无用则乏人问津，直到最后甚至发展到"活学活用，急用先学"的地步。一心追求致用的恶果，大而言之是使中国终于未能发展出近代科学来，将先秦可能产生如几何学、逻辑学之类学问的苗头尽皆铲光，小而言之是数千年来使所有资源，包括人力与自然，都围着利益团团转。虽然自古以来就有人不以一心向往致用的思想为然，远如春秋时期的老子提出无用之为用，近如晚明徐光启所说之"不用为用，众用所基"。他们或许是真正看出无用学问的重要性来的，但仍要以无用的结果仍是有用来说服读者。真正彻底不以致用为然的，而且明确地将其昭示出来的，其实是近现代受了西方学说深刻影响的王国维。

王国维在《教育小言十则》中曾说："或曰：'今日上之人日言奖励学术，下之人日言研究学术。子曷言其不悦学也？'曰：'上之奖励者，以其名也，否则，以其可致用。其为学术自己故而尊之者几何？下之研究之者，亦以其名也。否则，以其可致用也，其为学术自己故而研究之者，吾知其不及千分之一也。'"这话除了批评当时之学术气氛外，主要在于彰明昭著地提倡"为学术而学术"，丝毫不顾及该项学术研究是有用或无用。章太炎也有类似的思路，但仍为致用留了一线生机。他在复友人的一封信中说："学以求真，不在致用。用以济民，不在干禄。"说到底，学术本身原无致用与否之疑问。致用只是客观存在的结果，如果做研究的先头就存着致用与否的疑问，那这学术恐怕难以做好，或者竟是做不好的。

当然，中国古代也未必完全没有为学术而学术的思路。以史学而言，司马迁可以算得是一个。司马迁阐述其写史的基本原则之一是"通古今之变"，原不在于什么"使乱臣贼子惧"。"原始察终，见盛观衰"是司马迁理解古今之变的途径，所以信信疑疑成为对待史料的基本态度，求真存实是写史的基本道德。以这些原则去写史，则是为史学而史学的态度了。而除《史记》外，差不多全部的中国传统史学著作都是经世之作，《春秋》以道德的谴责代替史实的叙述（以是而被尊为经而非史），《通鉴》则明言是为了资治之用，《上金史表》称"善吾师恶亦吾师"，皆是同一个经世致用的思路。即使现代人写史，如钱穆之《国史大纲》，也还是要求读者在读该书之前要先具备四个信念，虽然这个要求是有其针对性的，也许是与虚无主义的对抗，但仍然不脱视史学为致用工具的轨道。只是史学的经世致用如果发展到极致，就会变成以论代史，变成影射史学，以利益——不管是国家的或私人的，来作为写史的动力，甚至堕落到如魏收秽史的地步。

其实办一个学术刊物也存在同样一个根本性的问题，到底是以学术为根本，还是以致用的目的为旨归（至于今天有将学术刊物变成赢利之地盘者，则不在此讨论之列）。以此标准来观察《中华文史论丛》出满百期的历程，我以为该刊是以求真存实为本，够得上为学术而学术的纯粹学术刊物。当然该刊同人未必同意我这个判断，因为曾几何时，为学术而学术还是大受批判的口号，于今天也未必能让所有学人认同。《论丛》也有遇到麻烦的时候，据钱伯诚先生回忆，原来第七辑已经编好，遇上"文革"，某文不但只好撤下，而且连整个杂志都停刊了，直到复刊号才又登出该文。现在我们看"文革"前出版的六期，真的是琳琅满目，全是硕学鸿儒之大作（这六期其实可以重印出版，我相信是会有许多读者的，我自己后来买到这六期时很兴奋了一阵）。之后，《论丛》其实还有过其他起伏跌宕，甚至于有一年之中只出一期的情况，有时则两期合而为一期行世。这些应该是该刊同人来回忆最为合适，在这里我只能以自己的经历谈一些感受。

我在《论丛》一共发过九篇稿子，在百期当中只占极小的一部分，但在我的学术论文中却占很重要的分量，一是数量比发在其他学术刊物多；二是发在《论丛》上的都是我最重要的论文。统观这些文章，可以一言以蔽之，均属于不致用之列。这倒不是我早就有为学术而学术的高见，而是因为我从事的历史地理专业离致用相对要远一些，尤其是历史人文地理领域更是如此。加以先师谭季龙（其骧）先生一向就不以致用为然，而以求真存实作为耳提面命的基本原则，我们自然也就随之身体力行。记得我1983年完成《西汉政区地理》的博士论文之时，帮我打字的工人师傅（当时尚无今日人人须臾不可离身的电脑）问我，你这个文章我打了几天，不知说的是什么。我从来没有打过什么博士论文，你能告诉我里头写的是什么吗？我想了一会儿说，譬如我们现在全国有三十来个省市自治区的行政区划，那么我研究的就是两千年前的汉朝有多少行政区及其变化情况。那位师傅接着问，那研究这个有什么用呢？我竟一时语塞。是的，有什么用？

而这个无用论文的前半部分，正是我前一年在《中华文史论丛》上发表的将近八万字的一篇硕士论文《西汉诸侯王国封域变迁考》。那一年我是什么身份？还是一位在读的博士研究生。《论丛》肯用两期的篇幅刊发一位没有家学渊源，没有文科本科学历的人所写的长文，没有一点担当精神是不可能的。虽然答辩的时候该文得到较高的评价，三年后也被评为上海首届哲学社会科学优秀论文一等奖。但在《论丛》的历史上，恐怕迄今为止尚未有一篇文章长过这篇拙作。一想起这件事，我不能不心存感念。其实还在1981年，《论丛》就刊载过我的一篇《西汉献费考》，那时我还只是一名硕士生而已。同样的情况其实也发生在当时其他初出茅庐的学人身上，我不过是其中的一员而已。说明除了求真存实之外，不拘一格，勇于担当也是该刊的一贯精神，而且这种精神一直保留至今，良可宝贵。

我的博士论文里还有一章，即《象郡考》也是首发在《论丛》上的。发表时是1984年中，季龙师正在华东医院住院。我去看望，他很高兴地说，这期《论丛》有两篇文章很好，一是章巽先生的，一是你的。得到老师表扬，心里自然高兴，但嘴上不免谦让。谭师即严肃地说，的确是好，不是虚美。因为这个问题季龙师自己也考证过，深知其难。而这个问题又极其重要，关系到秦代的南部边疆到达何处，即到达今越南中部，还是与今中越边境相若？同时象郡在西汉是否还在，如果还在，则又是什么范围？这个问题不但中国学者众说纷纭，连法国汉学家也有两种对立意见。因为同一部《汉书》里就有两种完全对立的说法，令人莫衷一是。在解放初期出版的《中国历史地图集》里，秦代象郡一直画到越南中部。此图集是顾颉刚与章巽两先生所编，而由谭先生所审核，说明此时谭先生还不明确反对这个画法。但其实谭先生心里是偏向象郡南境大致与今中越边境相差不多的，所以在他主编的《中国历史地图集》里，将这个意思画了出来。但这种倾向性一直没有论文予以证实。他知道我写西汉政区地理时这个问题绕不过，但也知道其难度，所以不强求我解决，建议可以两说的形式出现。因此等我写完《象郡考》以后，他觉得这个问题终于可以定谳，自然很高兴。这种情怀让我深深地体会到什么叫恩师，什么叫师生相得。近三十年来，关于象郡的这个结论没有人提出商榷，大概可以成立。但发表当时，中越关系正是一度恶化的时候，其他学术期刊并不愿意刊用这种不适时的文章，而《论丛》却只以学术为唯一标准，毅然发排。其实我也并非有意为了要论证中国的疆域变迁而去考证象郡的始末，而只是因为如果我不能把象郡的沿革弄清楚，那么，我的博士论文就会始终留下遗憾，当时更没有意识到这或许也是一种为学术而学术的思路。

第三篇值得一提的文章倒不是我自己投稿，而是《论丛》的约稿了。1987年时，《论丛》好像出得有点不大规律了，不是一年四期的常规。年初有一位编辑约请我随便选题写一篇稿子给他们，我答应了。至于写什么，我起初并没有想好。当时正在读《旧唐书·地理志》，发现其中有一句话是："自至德后，中原多故，襄邓百姓，两京衣冠，尽投江湘，故荆南井邑，十倍其初，乃置荆南节度使。"至德是天宝以后的年号，至德前一年的天宝十四载发生了安禄山之乱。这段文字显然暗示着在安史之乱以后，北方向南方，在这里具体而言是向今江陵一带有明显的移民活动。那么这是不是一次上可以与西晋末永嘉丧乱之后，下可以与北宋靖康之难以后相比肩的北南方向的大移民呢？很有可能，但必须有证据。于是就以此条记载为始，整整花了三个月的时间，闲事不探，一门心思穷尽相关史料，排比求索，终于证明在安史之乱以后，确实发生了一次中国历史上自北到南的大移民，不但向两湖而且向江西北中部，向江南都有大规模的移民。写完之后，《论丛》编辑部马上刊发，登在当年第 2—3 期合刊上。本来中国历史上有过西晋末与两宋间的大移民早已分别由谭师与张家驹先生的文章所证实，并成为史学界的共识。安史之乱以后的这次移民活动的证成是否能为大家所公认呢？经过二十来年，看来也为大家所认可了。三个月写一篇文章在今人看来可能太奢侈，这是今天够写一部专著的时间了。我比较迟钝，只能做到这个速度。前述《象郡考》是我写得最快的一篇，也花了一个月，至今还觉得自己够快的。当然三个月也不枉花，后来由该文又引开了另一篇文章《客家源流异说》，提出了与前人完全不同的客家起源的见解。

上一世纪八十年代我在《论丛》一共发表过五篇文章，这是最密集的年代。到九十年代只有两篇，即《释江南》与《明代卫所屯田的典型实例》，前者解释"江南"一语的地理与文化概念，后者是给研究生上课时讲解如何正确释读史料的范例。2000年与2001年各一篇，这最后两篇已经与历史地理毫无关联。前一篇综论来华基督教传教士所办的期刊《六合丛谈》，后一篇则揭示为人所忽视的康熙十六条圣谕与雍正广训在清代社会所起的作用。这两篇文章也都很长，尤其是后面的一篇，长达五万多字，《论丛》也都容忍了。巧的是我的学术兴趣从九十年代后期开始部分地转向近代，转向中外文化关系史方面，也跟《论丛》从重视古代到古代与近代并重的转向不谋而合，因此虽然后来我未再向《论丛》投稿，但却始终是一位忠实的读者，对于《论丛》发表的文章多数都要认真拜读，因而对《论丛》数十年来所坚持的学术方向深有体会，并觉得这是一条正确的求真存实的学术道路，是值得其他学术期刊所效法的。当然国内许多学术刊物都有这样的坚持与担当，而这正是踏实求索于学术道路上的学人之福气。

一个学术期刊的追求是什么，本来不是问题，不就是追求学术之真吗？但实际情况并没有这么简单。中国的学术期刊林林总总，现在还被分为权威、核心、一般等不同档次。学术职称要升迁，就必须有一定的学术文章发表，权威数量多少，核心数量多少，一概明码定位。于是在目前市场经济的汪洋大海中，可能就有刊物成了利益交易的地盘，与学术的缘分越来越浅，以至于有的权威刊物发表的未必是权威文章，有的甚至连一般文章的水平也够不上。这已被国人视为痼疾，不必多说。想要多说两句的是，即使是不愿随波逐流的正经学术刊物，对学术研究的水平如何衡量，是致用为先，还是求真第一，也不见得就不存在问题了。但依拙见，最高境界还应该是"为学术而学术"。这句话放在过去我不会讲，也不敢讲。因为不但有悖形势，与传统也并不合拍。但前哲既已明言，我以为极是，因此将其作为引子，写成这一篇祝贺《中华文史论丛》出满百期的小稿，合适不合适，希望《论丛》及其读者予以批评。

司马迁排行榜

如果这世界上的一切事物现象要说都是中国古已有之的话，那一定让人不服气。譬如将蹴鞠说成足球的起源，将高尔夫的老祖宗追溯到捶丸，甚至说今天的机器人早在周代就已出现，肯定是要让人犯嘀咕的。但如果换个说法，比如说"太阳底下没有新鲜事"，估计谁都会没意见的。现如今，排行榜已经不是什么新鲜事，各种各样的排行榜拥挤在各种各样的传媒里，只不过有些排行榜是没有人相信的，比如说香港大学排名在斯坦福大学前面之类。但有些排行榜却权威得很，历史也长得很，如福布斯排行榜，跟它较劲的就不多了。

不过再详细推敲一下，福布斯排行榜也早不过 1917 年去，因为该排行榜的母体福布斯杂志，就创建在那一年，至今不过九十岁出头而已。福布斯有好几种排行榜，其中最负盛名的自然是富豪排行榜了，每年都有新闻可做，每年都吸引许多人的眼光。极少数的是关心自己有没有上榜，再决定是应该默认或否认，绝大多数的当然只是看热闹。这种排行榜的作用何在，因为我非经济学界人物，实在也说不出个子丑寅卯。但因为我后半生是教历史的，倒真的容易将现代的东西与古代联想在一起。这一联想，也就觉得，富豪排行榜虽然吸引人，但也不见得就是史无前例的发明，要是翻翻司马迁的《史记》，似乎这榜也就透出不新鲜了。

《史记》一百三十篇，最后一篇是《太史公自序》。这一篇今人往往是放在书的最前面的。但斯时的人多自谦，就放在最后了。所以要按现在的看法，《史记》真正的最后一篇是哪一篇呢？那就是《货殖列传》。这一篇虽然放在最后，但并非最不重要，相反，它还是司马迁历史哲学思维的典型代表。有人甚至说，读《史记》不读《货殖列传》，等于未读《史记》。这话一点也不过分。因为这一篇列传所说明的道理与差不多两千年后的恩格斯的一段话可以说相去不远。恩格斯曾说过："自从阶级对立产生以来，正是人的恶劣的情欲——贪欲与权势欲成了历史发展的杠杆。"没有人认为贪欲与权势欲是好东西，但你却不能不承认，恩格斯说的这话的确在理。那么《货殖列传》到底是为什么人立传呢？说白了，就是为有钱人立传。这在司马迁以前没有人做过，在司马迁之后，只有班固模仿着做了一篇，袭用司马迁的材料而有增删，目的是消除其"坏"影响。因为班固批判《史记》三大缺点之一，即是"述货殖则崇势利而羞贫贱"。因此，再往后，廿二部正史里就再没有人敢为这些有钱人立传了。

司马迁为什么要为这些人立传呢？有三个方面的原因。首先，因为他了解人性："富者，人之情性，所不学而俱欲者也。"人性如此，而如果善于赢利赚钱的人，只要他不祸国殃民，那又有什么不好呢？所以他又说："布衣匹夫之人，不害于政，不妨百姓，取与以时，而息财富，智者有采焉。"聪明人何以不学学呢。更进一步，他还看不起那些高谈仁义主张越穷越光荣的人："无岩处奇士之行，而长贫贱，好语仁义，亦足羞也。"因此他在《货殖列传》中不但举了先秦时期许多富豪成功的例子，而且更将汉代建立以来发家致富的典型与他们的财富数量排列出来，作为表扬的典型。这种做法在言义不言利的儒家占统治地位的时候，可谓惊世骇俗。所以班固批评司马迁的《史记》有三个大缺点，那第三点就是："述货殖则崇势利而羞贫贱。"

其实不但是两千年前的班固这样看，倒退四十年，我们不也还是这样看的吗？越穷越光荣成为一种症候，成为一种情结，以至于将发家致富看成是万恶不赦的事。可是司马迁生在两千多年前，他就看出了有钱并不是什么坏事，而且还为这些人立传，这可是一般人做得到的吗？货是什么意思？就是通货，就是钱。钱也是货，但它是通货，用它可以换来一切的货。殖是什么？就是生息，就是增值。所以货殖就是发财，就是致富的同义词。只不过前者雅后者俗就是了。闲话少说，我们就来具体看看司马迁给汉代人所做的富豪排行榜吧：

一、"蜀卓氏"。即川西卓氏家族。这一家族的先世是赵人。秦灭赵，将卓氏迁到四川来。许多被迁之人都行贿官员，希望迁到近处，不要远谪。但卓氏夫妇有眼光，他们早就有信息，知道川西山区有铁矿，因此自愿远迁，到了临邛这个地方。其后"即铁山鼓铸，运筹策，倾滇蜀之民，富至僮千人，田池射猎之乐，拟于人君"。具体财富多少，司马迁未明言，但有钱到与皇帝可比，那真是豪富了。我很怀疑那看上司马相如的卓文君就是出自这个家族的。冶铁能致富，今天依然如此，否则不会出现前一时期许多重复建设钢铁企业的弊病。与蜀卓氏同样在临邛以冶铁发家的还有所谓程郑者，这是从山东被迫迁来的富豪，财产与卓氏亦有得一比，司马迁将其附在卓氏之后。

二、"宛孔氏"。豫西南阳孔氏家族。孔氏原是魏国人，秦伐魏，将孔氏迁到南阳。这一家族本来就是以冶铁为业，到南阳后，依然重操旧业，"家致富数千金"。

三、"曹邴氏"。鲁西邴氏家族。曹县在今山东西部。这里的人历来俭啬得很，曹氏家族尤其典型。他们也是以冶铁起家，"富至巨万"。而后又投资商业金融，"贳贷行贾"徧天下。在曹氏家族的影响下，邹鲁一带的人都不好读书而喜下海了。要知这里可是孔圣人与孟亚圣的老家，过去读书的风气是一级浓的。

四、"齐刀氏"。山东刀氏家族。刀氏所在的齐地，即今山东半岛，那里的风俗是看不起奴仆的，尤其是蛮狠狡猾的奴仆，更让人担心。但有刀间其人，却招引了许多这样的奴仆，而且放心让他们去"逐渔盐商贾之利"，还让他们结交官府，结果是"起富数千万"。这是能利用人力资源而致富的典型。

五、"周师氏"。洛阳师氏家族。洛阳是东周天子之都，位于天下之中，最利于行商。师氏正是利用这一地理优势，广泛开展商业贸易活动，以至资产达到"七千万"之巨。这一榜样为洛阳许多人所模仿，甚至为了做生意而至于过家门而不入，成为一种风气。

六、"宣曲任氏"。宣曲具体在今何地，已不可考，但一般以为是在当时的首都长安一带，也就是今陕西关中。任氏家族的祖先做过秦朝的管粮仓的官员。当着秦朝灭亡的时候，英雄豪杰所争的都是金银财宝，只有这位任氏老祖宗慧眼独具，专门收藏粮食。到了楚汉相争的时候，天下纷纷攘攘，老百姓无法种田打粮食，一石米价暴涨至万数，于是那些豪杰的金银财宝自然而然都到了任家。任氏家族就是靠这个发起来的。发财之后，一般的富人都穷奢极侈，但任家却折节为俭，投资农业。一般人买田置地以及购买牲畜，都是捡便宜买。但任家却挑质优价贵的买，结果取得保证质量的优势，将财富保持了许多代。

借着农牧业起家致富的还有桥姚一家。他藉着边关的开放而得利，有马千匹，牛两千头，羊一万只，粮食多至万钟。

七、"长安无盐氏"。此无盐氏不知其始末。他的发财只靠第一桶金，这一桶金是靠冒险而掘到的。汉景帝三年，吴楚等七个诸侯国叛乱，住在首都长安的列侯封君必须从军平叛，因此个个需要借高利贷以"行从军旅"。其时叛军声势颇大，连皇帝都被吓得不轻。而这些列侯的封地都在关东，还不知关东将来落在谁手。所以没有人敢借钱给这些列侯。偏偏无盐氏有眼光，看准了叛军必败的前景，出钱贷款给列侯，利息是以一还十。三个月后，叛乱平定。无盐氏获息十倍，成为关中的首富。

以上是西汉初年到西汉中期最重要的，有头有脸的富豪。在这些人之后，司马迁还一笔带过首都长安附近地区的其他富豪："关中富商大贾，大抵尽诸田，田啬、田兰；韦家栗氏，安陵、杜杜氏，亦巨万。"

你能说以上所列不是一个富豪排行榜吗？真正是不折不扣，一点附会的成份也没有的排行榜。但在《货殖列传》里这还只是一个核心排行榜而已。在此榜之前有先秦秦代的简明排行榜，在此榜之后还有汉代另一个排行榜，虽然比核心榜略有逊色，上榜者所从事的多是所谓拙业或为时人所看不起的，甚至是不道德的行业，但因为他们是"用奇胜"，依然赚了大钱。这个排行榜可以简述如下：

种田是最难以发财的拙业，但秦扬其人却富盖一州；盗墓乃奸事，而田叔以此起家；赌博是恶业，而桓发以之发财；跑单帮是为人所看不起的贱业，但雍县的乐成以之富饶；贩卖牛羊油脂的人地位很低下，但雍伯以此致千金；卖淡酒实在只是小本生意，但某张氏却因此成为千万富豪；磨剪子锿菜刀更是薄技小道，而郅某人却能做到钟鸣鼎食；做腌腊生意实在容易，但某浊姓却驷马连骑；做兽医不过只开粗浅的药方，但张里其人却能因之而富贵。

至于先秦秦代，司马迁也列出了以下七名超级富豪（先秦五人，秦代二人）：陶朱公范蠡，十九年中三致千金，子孙修业而息之，遂至巨万。孔子门徒子赣，结驷连骑，束帛之币以聘享诸侯。周人白圭，乐观时变，以人弃我取，人取我与的办法而发家。鲁国的猗顿用卤盐起家。邯郸郭纵则以铁冶成业，与王者埒富。秦代的乌氏倮靠畜牧发家，牲畜多到用山谷来衡量。而巴寡妇清，则靠着祖先所得丹穴，擅其利数世，家产不訾。

这真是做什么都能发财，发了财都能客观地上司马迁的排行榜。当然司马迁并非鼓励奸业贱行，只是作为历史学家他敢于担当，要把这些事情如实地记载下来，可惜千百年来，很少有人能赏识到司马迁这种思虑过人之处。在西汉中期儒家已经被宣布为独尊的时代，司马迁还能独立特行，指出能发财致富的人也是"贤人"，而且将其罗列出来，虽也不明说是榜样，但目的却是公开的，那就是"令后世得以观择焉"。这意思就是你们后代的人看着办吧。两千年后的今天，各种各样的排行榜此起彼伏，比照起《货殖列传》来，还真是小儿科而已。

"百世可知"与"未必尽同"
—— 孔子的历史观

《论语》最近几年被炒得滚烫，尤其是被人调制为心灵鸡汤以后，受众无限扩大，甚至成为包治百病的良药。我们小时候并未赶上读经的时代，我也未曾受过家教，所以对《论语》其实相当陌生。倒是进入历史学领域之后，觉得一切传世记载皆可作史料观，才认真地读了一下。读《论语》者，多注意其于人伦礼教方面的作用，而一般并不关心其中有否历史观的存在。因为要找孔子的历史观，尽可以从《春秋》去寻觅，岂不闻孔子述《春秋》而乱臣贼子惧，那才是孔子施展历史拳脚的地方。但是《论语》既是孔子学生所记载的夫子教诲，则不能不有孔子的历史观在其中。在读《为政》篇的时候，我就深切地感受到了这一点。

这篇文字记载孔老夫子的弟子子张问道："十世可知耶？"这

位子张不是一般弟子，就是《韩非子·显学》篇里说到的"儒分为八"派之后，其中一派的"子张氏之儒"的领军人物。子张这个问题问的就是历史问题：我们到底能否预测到十代以后的天下如何？未承想，孔子的回答不但出于子张意外，也出于我们所有人的意外。他先说出我们能够预知后世的道理："殷因于夏礼，所损益可知也；周因于殷礼，所损益可知也。"商朝乃承夏朝而来，其制度对于夏朝既有不变的继承——因，也有变革的一面——损益（简单地说即去掉一些，增加一些）。因此结论就是"其或继周者，虽百世可知也"。一般人以为这句话只是在解释"周礼"的变化，其实没有说到底。礼在儒家那里就是制度，甚至是整个文化的代表，而不止是礼仪。孔子虽然生活在春秋末年，但在历史统绪上还在周代，在东周。他也料到周可能要亡，所以会有"继周者"出现。但没有关系，周即使灭亡，继承周的朝代即使经过百世，他也能推测到是什么样子！

中国人以三十年为一世，百世是多少年？三千年！孔子说这话至今还只有两千多年，连我们之后的天下他也认为是可知的。有这么神吗？有。孔老夫子这句话正说出了中华文明最基本的特点，那就是"有变有不变"。我们日常对中华文明所引以为豪的正因这是世上唯一未曾中断的文明。我们肯定不是这世上最古老的文明，这已为目前的考古与历史研究所证实，但我们却是这世界上唯一的延续四五千年未曾中断的文明。为什么？正因为有这"损益"的机制在。如果文明发生全盘的变化，变得面目全非，这文明就已经中断，再也不是原来的文明。如果一个文明全然不发生变化，那它必然不能适应历史的潮流与其他文明施加的影响，就必然会中断，这两方面的情况就是世界上许多古代文明的命运。全变已经不是"我"，不变则没有"我"。中华文明恰好是"有变有不变"：变其可变，即有损益，有去掉旧体制的一面，又有接受新事物的一面；不变其不可变，即仅是损益物质、制度层面而已，核心之价值本体仍存。于是中华文明得以长久持续，然面貌却日新又日新。在这个意义上说，的确是"百世可知"！我们不能不佩服孔子的历史观。

孔子之后两千多年，谭嗣同说，中国两千年之政乃秦政也。基本上没有说错。中央集权、农本思想与文化专制三大特征，从秦到清一点没有变。西哲黑格尔说得更绝对，他说中国没有历史。为什么？因为他认为中国只有朝代的更替，却没有本质的变化，既无变化，即无历史。但是且慢，如果发生本质的变化的话，那今天的中国就不是过去中国的延续了，中华文明是另外一种文明了。中国朝代的更替不只是一姓的更换，而往往伴随制度的更新。新建的王朝必然要吸取前朝的经验与教训，所谓"善吾师，恶亦吾师也"。而且在秦以前的未统一时期或秦以后的时不时出现的分裂时期以及异族入侵时期，这些时期的思想往往不定于一尊，变化更加明显，连核心价值也会接受外来的新观念而有所调整。例如儒学有玄学的变形与新儒学的产生，虽然结果仍是"吾道一以贯之"。例如宗教，则有因佛教刺激而产生的道教登场，并蔚为三教之一。正由于有不断的更新与调整，才使易姓的王朝更替不变其文明的本质。所谓"汉承秦制"，所谓"宋承唐制"，并非一成不变的承，而是在变化中的承，这变就是孔子所说的"损益"。但比学术比价值观更深层的心态文化，在中国就变化很小很小了。这一不变也是维持中华文明不变的最关键之处。

司马迁对自己期许甚高，说周公死后五百年有孔子，孔子死后五百年有谁呢？就在我身上："意在斯乎！意在斯乎！"司马迁没有明说是否同意《论语》里头孔子的这番话，但他在《史记·高祖功臣侯表序》中说："居今之世，志古之道，所以自镜者，未必尽同。"这句话可以看作是对孔子"百世可知"的补充，强调的是古今的差异。他也许认为"百世可知"过分强调文明不变的一面，因为不变才可知，变了就不知所以。因此他实际上是在用"未必尽同"来强调文明的变迁。多年以前，我曾经写过一篇《中国文化的变与不变》（收入《随无涯之旅》一书中），其实想引申的就是孔老夫子说过的道理。但"变与不变"到底太直白，太无味，不如子曰之"其或继周者，虽百世可知也"那样的深切著明。在这个意义上，我们真的必须好好地学习《论语》，那里头的智慧真是大了去了。或者再说得明白点，所有的大智慧都在轴心时代被东西方的大哲人说尽了，我们至多只能老老实实地卖弄一点小聪明而已。

历史细部与现场
—— 韩国汉籍史料价值略说

史料不等于史学，但无史料即无史学，这是人所共知的道理。新史料的发现与利用往往是史学发展的重要前提。历史学家的新贡献往往体现在以下两方面：一是在原有史料中发现新问题或作出新的阐释，二是以新发现与新开发的史料开辟历史研究的新天地。前者是史学界永远存在的过程，后者则端赖于客观条件的具备与主观识见的进步。二十世纪上半叶在史料方面的四大重要发现与利用——殷墟甲骨文字、敦煌遗书、居延汉简与明清档案——极大地推动了史学的发展。前三种史料可以算是新发现的出土文献（藏经洞虽在地上，其性质类同于地下出土），后一种其实是新开发的史料。发现与开发略有差异。发现是原来所无，开发则是原来就有，只是过去未意识到可以作为史料来利用。随着史学研究领域的扩大与史学研究对象的深化，许多原来被忽略或不被视为史料的文献、实物、传说被充分利用，这些情况或可视为是史料的开发。上一世纪在利用明清档案的同时，不少学者还注意到了域外史料的价值，尤其是研究蒙元史与北方民族史时对非汉语文献的利用。因此历史学家不但要时时关注地下文物的出土，还要关心传世史料的开发。出土文献受到客观的限制，不能随时出现，传世史料则可能近在眼前，有待高明见识去开发使用[1]。

在汉字文化圈中，朝鲜、日本与越南都保留着大量的汉字文献未曾被充分利用，这一点前辈学者已经有所留意。吴晗先生注意到《李朝实录》中有关中国的史料极多，于是将其辑出，成就一部数百万字的《朝鲜李朝实录中的中国史料》，于研究明清时期中国历史大有裨益。同样，金毓黻先生编纂《辽东丛书》，也注意收纳朝鲜汉语文献，使该丛书显得更加充实。近年来我们得知，除了《李朝实录》这样的官方文献之外，在韩国还有一个更大的史料宝库，那就是用汉文写成的个人著作。先是大量的朝天录与燕行录被注意到，从而分别在韩国与日本被纂集为 106 册出

1　关于史料的开发与利用的讨论请参看周振鹤《历史研究的深化与史料范围的扩大》及相关论文，载《历史文献的开发与利用论文选集》，上海书店出版社，2000 年。

版发行，继而是一个更大的典藏，即韩国文人学者的文集，被编辑为三千册《韩国文集丛刊》出版。这些文集有三千余种之多，篇幅总数则达万卷以上[1]。文集里所保存的有关中国史料，有关中韩日三国关系的史料触目皆是，使上述吴晗之书邃尔相形见小。仅以近日所浏览相当于中国明时期的百余种韩国文集而言，可以补充中国明代史料之处已经指不胜屈。大而言者，如众所周知的崔溥的《漂海录》对于明代弘治年间从东南到华北一路风俗记载资料的可贵。小而言之，例如明万历壬辰年间因为援朝抗倭，不少明朝官员入朝所引起的故事，皆可补中国传世文献的不足，从而使历史的细部更加清楚，使读史者有身历其境的现场感。以下略举两方面——一类是比较分散的，另一类是比较集中的——实例以说明之。

一

明朝中期以后，王阳明心学在学术界逐渐进入主流地位，但

1　我将香港城市大学图书馆所藏《韩国文集丛刊》所包含的个人文集细数了一下，一共有3781部。但作者人数则较难统计，因为一人可以有一部以上集子，而该丛刊的人名索引却是以文集立条目的，如宋炳华的《兰谷集》与《兰谷别集》作两部文集计，人名索引则列作两条，故需逐个细数才知道作者多少人，但估计当在三千人上下，也是一个庞大的数目。

这种地位形成过程中的细节未必都显示在中国的文献之中。有趣的是，在朝鲜文献中却可以窥见这种细节描述。袁黄其人是万历年间的兵部主事，在学术上则是王学之徒，到了朝鲜之后，戎事之余，硬要对朝鲜官员宣讲王学精髓。他先对崔兴源其人说："中国昔时皆宗朱元晦，近来渐不宗朱矣。"而后，又以其所著书《为阐明学术事》示于朝鲜官员，并说："自程朱之说行，而孔孟之道不复明于天下，天下贸贸焉聋瞽久矣。我明兴理，理学大畅，近日圣天子玄鉴朗悟，契心尧舜，当朝宰辅，皆是大圣大贤，相与揭千古不传之秘，尽扫宋儒支离之习，惜汝国僻在一隅，未得流布。"同时又摘示朱子《四书集注》十馀条，予以批评，最后说："吾辈今日工夫，只学箇无求无着，便是圣人，至简至易，较之朱说，孰非孰是？"[1]显示出他对宣传王阳明学说的执著。

但其时朝鲜仍奉朱子之道为正宗——这正是礼失求诸野的典型例子——虽欲对袁氏的进一步宣讲的打算敬谢不敏，然又碍于袁是天朝臣子，不敢当面拒绝，只能致书曲为之谢。有两个文集保存了对袁黄其人的介绍与婉辞听其宣讲的信件，很有些意思，其一载于成浑《牛溪集》（答袁黄书前还有一个小说明，尤为别致），引如下：

1　见成浑《牛溪集·书　皇朝兵部主事袁黄著书卷后》。

《答　皇明兵部主事袁黄书》袁书力排程朱之学，其书专主禅陆，行朝诸公议所以酬答而难以措辞，共推先生，辞不获，乃起草，袁见之默然。未几，以学术邪僻、左道惑众，逢科弹而去〇癸巳春："小邦僻在退远，学术通方，常仰中国书籍以为口耳之资。伏遇　皇朝颁赐五经四书大全，表章先儒之说，列于学官，班行天下，小邦之人，无不诵习而服行，以为此说之外无他道理也。今兹小邦不天，妖贼栋丧，老爷阁下受命来讨，赞画军谋，军旅之外，旁及讲学之事，谆谆开导，第缘某等末学肤浅，思虑荒芜，其何能言下领悟，发微诣极，以仰承老爷之至恩乎！今者邦国垂亡，上下皇皇，凡在陪臣久困行间，平日所知，失亡殆尽，不得紬绎旧闻以求正于有道，伏愿老爷俯鉴微悰哀而怜之，讲学之事，请俟他日。"

这样直白的、不留情面的推辞，使得袁黄黯然神伤，不得不放弃宣讲的企图。袁黄即在中国，今天也不大会有人认识，但在明朝却有一定知名度。他于万历十四年（1586）中进士，曾任河北宝坻知县。二十年，调任兵部职方主事，适日本侵略朝鲜，明廷派兵援朝，蓟辽经略宋应昌上疏请袁黄到军营赞划，袁遂入朝鲜，并在平壤战役中有上佳表现。不过袁之有名主要还在于《袁了凡家训》与《袁了凡纲鉴》[1]两部书，除此之外，知其为王学的忠实追随者并不算多，更不知他打算将王学推广到域外。其实袁在朝鲜的轶事并不止是有助谈资，而正是王学在晚明地位的反映。朝鲜人特别奇怪为何王阳明与其心学在中国能有那样大的影响，所以晚明来华的朝鲜使节无不以此作为了解中国文化新动向的重要问题，而他们所得到的回答却是形形色色、褒贬互见的。在来华的朝鲜学者文集中，甚至还有人引述了中国学者告诉他们的故事，譬如说，连王阳明妻子也当着王氏门生的面，指斥王学是伪学。这样的故事是真是假，本身并不那么要紧，要紧的是说这个故事的中国学者所表现出来的对王学的态度，这种态度正是王学发展过程中的细部描绘。因而，对于晚明学术与学风的变化，关于王学在朝鲜被接受的程度（或者说被拒斥的程度），在韩国文集中体现得很深刻，而不少内容是在中国典籍中看不到的，需要我们认真对待。除袁黄以外，从韩国汉籍中还可以看到上面提到的兵部左侍郎宋应昌以及赴朝鲜的使节如户科给事中魏时亮等人也都对王学输入朝鲜做过试探[2]，但这些有关史料目前似

---

1 《袁了凡纲鉴》的正式名称是《鼎锲赵田了凡袁先生编纂历史大方纲鉴补》，今存有万历三十八年刊本。

2 李廷龟《月沙集》中有《大学讲语上》一篇，说"宋应昌学于王阳明之门，欲观我国学尚，每于讲时，力诋程子以亲民作新民之误。"但宋（转下页）

尚未为中国思想史学者充分利用，令人不无遗憾。

关于袁黄在朝鲜的轶事，还不止于推广王学一端。在金宇颙的《东冈先生文集》还载有《请　许袁主事黄求书籍　启癸巳正月接伴使时》一文可资注意。文曰："当日主事宿云兴馆，今朝在林畔时咨文一道，系是恳求书籍之事。以臣愚意，窃以为主事要看东国之史，非有他意，只是欲广异闻，要知海外风俗耳。原其主意，固无不善。…若欲固讳而不与，则迹涉猜阻，而其于接人之道，似欠诚实，恐非所以待王人之道也。或者以为郑梦周死节之事，不可示于上国，臣以为不然。自古国家兴亡之际，必有伏节死义之臣，此乃人纪之所以立，若无此等人，乃是无人纪之国耳。梦周之尽忠前朝，及　我朝之褒崇节义，两得其道，正是邦家之光，何必固讳于上国乎。臣意许看东史，似无不可云。"

金宇颙乃接待袁黄的接伴使，袁黄向朝鲜朝廷要求借阅朝鲜史。但朝鲜方面认为朝鲜史书中牵涉到前朝死义之士，不利于本朝的形象，不愿意答应其要求。金以是写此奏启，说明应该让袁黄阅读朝鲜史的道理。后来到底袁黄是否得遂其愿，还待检索更多史料，但我们却由此得知，袁黄对于历史有一种癖好，或曰追

不强求朝鲜学者马上改变尊崇程朱的学风，而只要求他们在读《大学》一书时，不必"蹈袭固儒陈言腐语，以流出胸中者，别为成一书为当。"与袁黄的作风有点区别，但宣扬王学之意图则一也。

求，不但对于国史，而且对于外国史也同样热衷。不但要看朝鲜史书，而且还实地去察看过朝鲜历史上的名将盖苏文的墓墓[1]，这种追求或许就是他之所以会写作《袁了凡纲鉴》的道理。

二

袁黄之外，明代许多名气不是很大的人物往往在韩国文集里都有着比中国载籍详细得多的记载。尤其是对那些援朝抗倭的官员，记述尤详。这些人有的在《明史》里或许只有一句话的记录，有的甚至名不见经传，但在韩国文集中却有小传或行踪可觅。当然这些史料可能比较分散，需要我们认真阅读发现。与此同时，在韩国汉籍中还有许多有关中国史料的记述相当集中，这就是包含在个人文集中或者单刻出版的朝天录与燕行录中的大量史料。李氏朝鲜是明清两代的藩属国，每年要派各种使节出使北京。这些使节都有多位随行官员，其中质正官与书状官是少不了的。质正官的任务就是了解明朝的礼仪风俗，书状官则是正使的秘书，他们都要将出使过程详细记载下来，有时甚至是排日记事，巨细无遗，以便回国以后，呈给朝廷审阅。据说为了保证记载的客观性，书状官一般都不在日记里随意做出主观评论。这些记载有一

1　见尹根寿《月汀集·送李金枢寿俊如京序》。

个总名字，在明朝称朝天录（或朝天日记），在清朝称燕行录。这些朝天或燕行日记里触目皆是有关中国的史料，是研究历史细部与进入历史现场的最好导引。更尤其他们所记是以域外的眼光进行观察，处处怀着与本国文化进行比较的心思，尤能记下中国人所司空见惯而不屑注意与记载的事物，使我们今天得以知晓在板着面孔的正经历史背后，还有许多为我们所不知的丰富内容。

例如万历二年，李氏朝鲜派往北京的贺节使闵希立所配备的两名官员——质正官赵宪与书状官许篈，都是有心之人，双双写了两部极为详细的朝天日记，收入各自的文集《重峰集》与《荷谷集》中。这两部日记不但可互为补充对照，而且还可与同时的只有简单记载的《李朝实录》、《明实录》、《万历起居注》以及时代略同的中国的文集与笔记散文作对照。日记中的许多材料是从细部或曰小历史方面来使大历史显得更为真实与丰满。就举一个很小的实例吧，有谁知道明代皇帝上朝是什么样子的？又有谁知道皇帝死后是如何哀悼的？继任的皇帝登极又有什么程式？今天的文学作品与影视节目在复原这类场景时，基本上都是凭空想象，无中生有。但来华的朝鲜官员却对这些事情有详详细细的记载，让读者顺着他们的眼光与行动自然而然地走入了历史现场。

先说上朝之礼。万历二年八月初九，朝鲜贺节使首次上朝陛见。我们暂且略去前面那些进入东长安门到达午门之间生动的铺陈，直接走到皇帝面前吧。当鸿胪寺官向万历皇帝秉报朝鲜使节叩见时，你猜万历皇帝会回答什么话？原来只一句："与他酒饭喫！"有谁想得到吗？有哪一个作品这样记载吗？而这一天，《万历起居注》只有三个字的记载："上视朝。"这时的皇帝并不像一般人想象的那样每天上朝，而只于逢三、六、九日才见群臣。《明神宗实录》此日并不记这一常规的上朝事，而只记载了三件官员任命的事情。而且还有接下来的趣事：这些使臣其实是吃不到酒饭的，摆在光禄寺的款待外国使节的宴席，还在使节到达桌边以前，就被无赖抢光了。尽管什么也没有吃到，这些使节还得再回到午门前，望阙谢恩。是不是绝好的历史镜头？

同月十七日，是万寿节，也就是万历皇帝的生日，这一年他十二岁，还是一个少年。朝鲜贺节使此次来华的名义上最主要节目就是进贺万寿节。《万历起居注》这天只有短短两句话："万寿圣节。　上御皇极殿受文武群臣朝贺。"《明神宗实录》记此事与起居注一字不差。此外记了一些日常政事而已，而对朝贺细节没有任何额外的记述。但赵宪朝天日记的记载如何呢？让我们看看：

十七日，戊午晴。[皇上朝坐皇极殿，受圣节贺礼]……质明，班序既定，鸡鸣，官报时于文昭阁，唱曰：'呵呵呵呵日出卯，呵呵呵呵光四表，呵呵呵呵照万邦。　皇帝乃坐于皇极殿，深远不可望。鸣鞭三振，千官班肃四拜，齐跪。鸣赞唱贺　表于　殿上讫。又有一鸣赞胪传于阶上。千官皆跪四拜，又唱搢笏舞蹈跪。搢笏三呼讫，俯伏兴。又四拜而出。阁老以下至于六部翰林官，则皆以次而出，眼不他及，行步整疾。杂官之流，不知其次，衮同而出。……是日参贺于西庭者，达子或剃头，留上发狗。西番剃头不棠。汩磨国人，僧形胡服也。

如此活灵活现的记载，在中国典籍中实未尝见。即使同时的许篈，对于报时官的唱词，也只记载为："日出卯，光四表，照万方。"似比不得赵宪所记的绘声绘形，如音在耳。但许篈的记载另有长处，这里暂不作分析。当然两部朝天日记的史料价值远不是此例所能概括，要之，我们不得不感谢赵、许二人，为我们留下来的这两份表现历史现场的，共约十万字的宝贵记录。

四十多年后来华的朝鲜使节李廷龟所看到的则是另一种场面。他恰逢万历皇帝"宾天"，又接着观礼了泰昌皇帝的登极，所以记下了两篇文字，即《万历　皇帝大行仪》与《泰昌　皇帝登极仪》，又一次让我们有生动的历史现场感。

历史进入清代，虽然来华朝鲜使节更多，留下来的日记也更丰富，但日记的名目已从"朝天"改为"燕行"。因为此时中国的统治者已从汉族变成为朝鲜人看不起的"鞑子",即后来的满族,所以朝鲜使节来华已经不是对天朝的朝拜,而只是不得已的燕京之行而已。当然这并不妨碍他们继续对中国进行缜密细致的观察,而且在观察中还包含着以"小中华"自居,而对清朝儒学进行的文化批判的基本心态。同样,对于所观察对象的细部与现场的描述不但不逊于明代时期,有些甚而更加深入,如牵涉到对中国民间信仰巨细靡遗的记载,对琉璃厂书铺的生动描绘,甚至对皇帝形容的不恭敬的记述,都使读者眼界大开。这里限于篇幅已无法细述。

这些文集中还有许多朝鲜官员的奏折、启状、经筵日记等,内容关系到中朝关系的方方面面,同样是不可多得的史料。此外,在朝天录与燕行录中多有感怀咏景之诗歌,这些诗歌与散文一道,对于研究朝鲜的汉文学史更是一个最重要的宝库,而这一研究在韩国与在中国,同样都有很大的开拓空间。

二十世纪上半叶,中国在史料方面的重要发现造就了新一轮历史研究的重要成果,新史料与新方法构成了上一世纪中国历史的新进展的最重要特点。而正在上世纪末,韩国汉籍的利用就已经引起人们的极大重视,本世纪之初,这种重视开始变为具体的研究行为,在韩国已经影印出版了包括《燕行录全集》

与《韩国文集丛刊》等几大部汉籍丛刊，我有信心认为，充分利用这些汉文典籍——无异于域外的四库集部，将会产生与上世纪新史料发现后的同样的史学繁荣现象。同时我还更寄希望于比个人文集更加保持原来面目的来华朝鲜使节的原始记录的发现，我想对历史研究者而言，这会是比经过整理而收入文集的记述更为有用的材料。

历史学是科学吗？

—— 读《剑桥科学史》第七卷

我并不推荐大家都去买一本虽然厚达七百页，但却贵到 248 元人民币的书，毕竟除了嗜书如命者以及专门家以外，没有一幅彩图（连黑白图也没有）没有一张插页，竟然要卖到一印张五元多钱高价的书，乏人问津也是正常不过的事。但我却强烈推荐大家——尤其是相关的社会科学学者们——去读读这本书，那就是《剑桥科学史》第七卷《现代社会科学》。

中国人向来重理轻文，自从上一世纪已是如此。除了其他种种实用非实用的原因以外，还有一点很重要的，就是文科的水平高低无有绝对标准。《儒林外史》里的周进文章那么好，考官都要看到第三遍才发现。要是遇上一位冬烘的考官呢，周进肯定永无出头之日了。寖假至今，人文社会科学成果优劣的判断——既不称也不能量——已经不成为提职的主要依据，而改为以数量统计为标准了。因为数学是科学，而科学在中国就是正确的同义词。并且科学的概念仅限于自然科学，至于人文科学社会科学这样的称呼，那只是因为科学二字时髦，大家拿来点缀点缀罢了，谁也不会当真的。

不过《剑桥科学史》却当真了。它的当真就是从社会科学与科学的定义开始的。全书的《总编前言》最后写道：该书包含的所有论文是"勘定关于自然与社会的系统研究，不管这些研究被称做什么（科学一词直到19世纪初期才获得它现在拥有的含义）"。所以社会科学理所当然地属于科学史探索的对象。第七卷更进一步在导论中分析说："'科学'这个词也有问题，长期以来，科学被认为包含了实验和概念的严谨性以及方法论的清晰性这样的标准。尤其在20世纪的英语中，具有科学地位就意味着要具有自然科学的某种基本相似性，这甚至通常被社会科学家看做'真正'科学的内核，在时间上和逻辑上具有优先性和典范性。……特别在英语中，'科学'概念模糊不清以致无法使用，直到1800年'科学'被看做系统知识探求的标准名称。19世纪初期的社会科学具有同样的命运。"

这样一来，我们自然对社会科学的形成与发展历史要倾心予以注意了。概念的澄清不但有助于我们名正言顺地将所有的社会科学的学科都归于科学之中，而且也不必着急人文科学与社会科学的模糊界限或混淆不清，还可以认同中国社会科学院是一个大致正确的称呼——虽然其下属的研究所还包括了一般不被当成社会科学的哲学、宗教学、文学以及语言学等。在《剑桥科学史》这一卷中被列入社会科学诸学科中的有：历史学、地理学、经济学、政治学、社会学、人类学、心理学甚至统计学，够宽泛的了。至于人文科学诸学科是否属于科学的范畴，该书则公开声明不去涉及，虽然也多少提及如语言学在德国是被看成最有科学性的学科这样的话。第七卷要详细论述的只是处于自然科学与人文科学之间的社会科学。当然这样定义，也不一定就能使舆论一律。如地理学在中国就算自然科学，而历史学难道不可以算是人文科学？这且按下不表。

历史学很想通过长时段事实的研究而得出与自然科学一样的规律性的东西，以使之看起来像是完全的"科学"。这种企图并没有获得完全的成功。历史事件也许如某哲人所说会重复出现两次，但马克思已经补充说，一次是以正剧形式出现，一次则是闹剧形式。最多只有两次重复而且还性质不一样。这与研究现象的普遍性而且能够提出明确规律的"抽象普遍科学"无论如何还是不同的。但在西方，自从兰克树立典范以来，历史学的科学性似乎少有人怀疑。照这样看，在中国则历史学地位更加特殊，早在两千多年前历史编纂学就有了严格的规范，纪传体的体裁从西汉司马迁的《史记》一直延续到民国所编的《清史稿》与《新元史》。信信疑疑的传统虽然未必贯穿两千年，但提出这一概念，已足以使历史学具有自然科学的意味。

由于科学二字在中国的神圣性，所以过去即使在国人眼中远不属于科学的社会科学也总要强调自己学科的重要性。我自然也免不了有这种冲动。数年前我写了《历史学：在科学与人文之间？》一文，当我在标题上质疑历史学是否是一门科学的时候，文中暗含的结论却是历史学也可以算作一门科学，至少它是对象的人文性与方法的科学性的完美结合。其实我这是狗拿耗子。我的专门还不在纯粹的历史学，而是学科性质有点含混的历史地理学。

历史地理学是一个迄今为止还让许多人摸不着头脑的不知是历史还是地理的学科。简单说一句吧，这个专业是研究历史时期的地理现象的。那么它应该是地理学的一个分支了？照理是这样。不过这一专业的研究方法又以历史学方法为主，许多学者认为应该属于历史学的二级学科。这就跟熊猫一样，那是猫一样的熊，照理应该叫做猫熊的，如狗熊然。但却已经被叫成熊猫了，奈何（当然还有一个地方真是叫它猫熊的，那是台湾）。这虽然是个名称上的小问题，但却牵涉到一个文理分别的大主义。那就是学这专业的博士生，算是习文还是学理？有一段时间北京大学所授予的历史地理博士学位，是属于理学博士，而复旦大学所授的却属于历史学博士。地理学在中国算是理科，而历史学却是文科，这样，在重理轻文的社会里，两种博士的含金量似乎就有了差别。不过，没有多久，按照教育部的权威认定，历史地理学算是历史学的二级学科，于是乎大家又归于一统，统统进入文科领域了。发生这样的变化并不奇怪，也不必焦虑，毕竟，在中国，历史地理学被作为一个学科分支提出来，不过数十年而已。而历史学作为一门古老传统的学问，其学科归宿在十九世纪的西方都还经过变化，那就是历史学是应该外于社会科学，还是归入社会科学之中的争议。

其实历史地理学本身也有科学性的问题。研究黄河历史时期河道的变迁，研究五千年来中国气候的变化，其科学性与研究秦始皇统一天下设置哪三十六郡，明代中国的文化地域差异如何，显然是不一样的。前一类课题明显与自然科学同道，后一类课题看着像是人文科学或社会科学的范畴。好在如果按《剑桥科学史》的宽泛定义，则两者都是"科学"，放在一起也很自然。

学科分类说到底有一点像是"主义"，研究对象则绝对属于"问题"，不妨在这个地方以问题为主，建立学科，宽泛定义，都称科学。但前提是你解决了问题，那就是科学。问题与主义之争并非无谓，但将一似为自然科学，一似为社会科学的学科捆绑成历史地理学，结果证明并无坏处，七八十年来已经使中国历史地理这一学科不但在国内也在国际上取得了不错的声誉与地位。

说到底，不止是历史地理学的归属含混，就是地理学的归属本身也有变化，在西方它原本附属于地球科学，后来则被并入人文科学（自然，其分支学科历史地理学也当然属于人文科学）。地理学在西方一直是一门重要的学科，与之密切相关的地缘政治学在两次世界大战之间几乎无人不知。本卷在《地球科学与人文科学的综合》这个小标题下说："地理学通过在自然科学和人文科学之间玩平衡游戏与现存的学科如地质学和历史学进行竞争，而且与较新的学科如生态学和社会学进行竞争。"将地理学的性质真是说得一针见血。也因为这样，所以比起历史学来，地理学显得更有用处——尽管史地从来常被联袂提及，而在中国，有用无用有时简直就是是与非的差异。学生要报考哪个专业，家长首先要问的就是学了有什么用？于是乎，大学本科的历史系与哲学系的生源就与其他系不能比。

在现代中国，地理学的地位更高，一直与地球科学同为自然科学的一部分，地理研究所设在科学院，而不在社会科学院里，因此人文地理学家也自然是科学院院士的人选，全国仅有的两名历史地理学领域的院士也是因为列于地理学科之中而产生的。

如果按照《剑桥科学史》的定义，则历史学与地理学都属于社会科学，不分轩轾。按中国的通俗的学科话语来说，那就都是文科，地理不比历史神气，不但不神气，还要落后于历史学的历史。因为无论在西方在东方，地理学都是由历史学所孕育出来的。如果外国有社会科学院这样的机构，那地理研究所必定进于此院，而不能像在中国一样进入科学院。而中国的历史学则相反，即使再有高人，也当不成院士，而当不当院士并非个人之得失，实乃关系全民教育的走向，直白地说，也就是重理轻文的现象能否改变的问题。中国科学院院士如今是中国的最高学术荣誉，一当院士便如天人，无所不能无所不晓，有可能他自己不这样看，别人却要这样看他。人文地理学家也就傍着自然地理学家升天了。而哲学家与历史学家哪怕你再享有国际声誉，你解决了人生的最大困惑或世界的终极问题，那也还是一个普通的教授，甚至连一级教授都很难评上，因为据说许多高校里的一级教授天然地都是院士，不是科学的，就是工程的。

《剑桥科学史》第七卷分为四大部分，内容丰赡。时间不充裕的人，可各自寻寻自己的行当看看。我连着读了两天，亦未看全，只重点看了与历史学、地理学、政治学及人类学有关的内容。同时还看了第三部分《社会科学的国际化》的有关部分。关于中国的社会科学发展情况，自然以我们自己的认识为主。但第三部分有一章是专讲这个主题的，却也值得我们参考，人家所写的那样，与我们实际的这样自然不会完全一致。但为什么人家会那样看，却与我们何以会这样做有密切的关联。中国社会科学院是改革开放以后建立的，此前没有这个机构。再往前，只有中国科学院的哲学社会科学学部，这个学部的存在倒是符合将社会科学当成科学的一部分来对待的《剑桥科学史》的学科框架的。只不过后来的科学院变成纯粹的自然科学院了（除了地理学还有一半是非自然的），科学家也自然都是自然科学家了，哲学家社会科学家呢？没有人认为他们是科学家的。从学部而变为单独建制的社会科学院看似地位的提高，但从另一个角度看也并不尽然，在科学院里有成为人人歆羡的院士的可能，而在社会科学院里至多却只有孤芳自赏的学部委员的现实。

最后要提醒诸位的，本书仍是以西方尤其是欧洲（更尤其是西欧）与北美的学术发展理路为主来进行论述的，这就是第一、二两部分的内容。这一点也不奇怪，五四以后来中国访问的两位西洋人，一位不就是赛先生吗？还在他来访之前，在晚清为了富国强兵所引进的新学问不都是西学吗？学科的框架结构也都按照西学来建立。直到今天，我们强调要接轨的国际，其实还是西方。第三部分的所谓社会科学的国际化，就是除了欧洲北美外，各国社会科学如何发展的简史。即从侧面来说，为什么全世界的博士学位都叫 Ph.D 也是同样道理，原来欧洲的学问只有神学一门独大，后来才分出哲学，这有点像中国古代的绝地天通了。以后的其他文理学科统统都由哲学分化出来，于是所有学科的博士学位也都一致成为哲学博士了。那个哲学可不是现在的不以平常人的思想为研究对象的哲学，而是包罗万象的学问，所以我们无论理科文科，无论你愿意不愿意，只好大家都 Ph.D 了。

那么我们难道不能有另一部科学史？也能。但要重建范式。不过在重建之前，我们还是要仔细读读这部《剑桥科学史》。

历史资料的出口转内销

近承嘉定科举博物馆赠送一册《科举学论丛（第一辑）》，读到其中有一篇文章在研究科举考试中的策问，甚有兴趣，就认真拜读下去，不料却看到以下内容，不得不先以征引的方式摘列如下，再谈自己的一些感想：

到清末最后几科，科举考试内容已脱离了八股取士的格局，改为讲求经世致用。1903 年，江南乡试的考题不仅不再用八股文体而改试策论，甚至采用西学问题发问。英文刊物《东亚杂志》1903 年第 2 卷中刊载一篇题为《中国的三年大比》的文章，谈到该科江南乡试的具体情况，并提到具有相当代表性的西式题目：

1. 编书、出版报纸、杂志时，文章应平和、真实。如果文章攻击政府政策，就是在阻碍国家和平，那么就是在煽动反叛。请提出一条法律建议以阻止这一状况发生，稳定民众思想，以建立国家秩序。

2. 邮政服务正在极大发展。有多少邮路，就要多少官员吗？是否应该扩展和改进管理来保证邮政活力。

这应该是江南乡试第二场或第三场的题目，与传统的科举试题完全不同。

先说上面两个考题，这是光绪癸卯年（1903年）江南乡试的题目。但这两个题目在中国常见的文献上就有，不知为何要从外文再转译回来，更何况译了以后还要走样离谱？今查两个策问题的原文如下：

1. 书籍报章持论贵乎平正，若诬及朝廷有碍治安者，实为煽惑之根，试详言一律严禁之法，以正人心而维风俗策。

2. 中国邮政逐渐扩充，现邮路纵横若干里，各项局所共若干处，应否再事推广并变通办法以保邮权策。

第一道勉强相似，但已觉别扭。第二道题显然与前面从英文回译的内容有出入，这有两种可能，一是原英译者之误，二是作者回译之误，总之都不应该。作者又猜测这两个题目是第二场或第三场的题目，可见作者对清末科举的改革浑然不知。这种试题自然是第二场各国政治艺学策里的题目，不会是第三场的，因为第三场应该考四书五经义。清廷于辛丑年（1901）颁布改革科举办法，规定翌年，即壬寅年起就实行新的考试内容，改第一场为中国政治史事论，第二场试各国政治艺学策，第三场试四书五经义。并且废去八股文程式。

因此上面引文中的"1903 年江南乡试不仅不再用八股文体而改试策论，甚至采用西学问题发问"这句话虽然不长，但已存在几处小问题。首先，1903 年时不止江南乡试不考八股文，直隶各省乡试都不考八股文，作者这样讲易使人误会只有江南才实行科举改革。其次，不考八股文不自 1903 年始，1902 年已经如此。第三，并不是因为不考八股文才改试策论。过去考八股文，也同样试策论，只不过策论不摆在重要的地位，放在二三场里进行，后来废第二场的论，但第三场仍考策。八股文只是一种文体，并不是考试的内容。考试内容改革前第一场是考四书，第二场考五经，试卷必须用八股文体来作。改革后仍要考四书五经，但放在第三场，而且不准用八股文体。

之所以要这么顶真地讲这些，乃因为该文并不是一篇习作，而是作者2006年12月在日本参加一个科举史研讨会的主题发言。而且作者是科举学的倡导者，两年前已经出过一本科举学的专著。研究历史而不熟悉历史文献，甚至不知到哪里去找资料，而要依靠出口转内销的办法去引用中文文献，似乎有点不可思议。如果中文文献佚失，从外文文献中回译，那自然是不得已的办法，而且也是应该的。但若中文文献具在，这样做就令人不解了。难道我们现在引《史记》文本，还从沙畹的法文译本中去回译？更进一步而言，即使引用中文资料也应该用第一手，非不得已不应利用转引的材料。该文在另一处注里引用了甲辰会试的论题，其第五题作"北宋结金以图燕赵，南宋助元以攻蔡论"，乃引自《清秘述闻》一书，不知是作者自己引错了，还是《清秘述闻》原本就错了，其实该题的上一句是"北宋结金以图燕"，后面没有"赵"字。差这一字关系非细，史实全错了。北宋结金为的是从辽手中夺回燕云十六州，"燕"即指此，与"赵"有何干系？奇怪的是，甲辰会试题目并非机密文件，随处可见，又何必转引他书？

读伯希和敦煌藏经洞笔记

　　中国人常讲"福无双至"，但在二十世纪与十九世纪之交，中国文化显然是福有双至的。1899 年殷墟甲骨发现，1900 年敦煌遗书出世。只可惜这两个年份都是事后人们的追溯，一开始，许多人怀疑甲骨文。一开始，敦煌卷子只是王道士有时拿来赠给有权势的人的礼品。在长达八年的时间里，没有任何官员与学者关心过这个不可思议的藏经洞以及其中的大量宝贝。敦煌遗书实际上是在伯希和把藏经洞翻了个遍以后才引起轰动的。

　　去年是伯希和到敦煌藏经洞一百周年，法国吉美博物馆出版了保罗·伯希和《旅途笔记：1906—1908》（*Carnets de route:1906–1908*）以资纪念。法国汉学家伯希和（Paul Pelliot，1878—1945）在中国已经算得是家喻户晓，不必多作介绍。从 1906 年到 1908

年，他由负责自然科学事宜的医生路易·瓦扬（Louis Vaillant）以及摄影师查理·诺威特（Charles Nouette）陪同，进行了一次穿越中亚以及中国西北地区的考古探索之旅，当时正值法国和德国、英国、俄罗斯以及日本在这一地区进行科学研究竞争的年代，而其时法国人已经落后了，所以急起直追。伯希和在这次旅行中每天所做的笔记一百年来始终没有整理出版过，现在公开面世，颇有点出土文献的味道，其重要的学术价值自不待言。

笔记手稿的整理难度不小，由于使用了好几种语言，所以仅在输入方面就动用了三个专门家，分别担任法语、汉语与俄语部分的输入工作，再由一名专家进行校订，一名进行统筹协调，才得以顺利出版。伯希和在中亚的科学考察笔记过去经人整理，已经出版了一部分，但是他本人排日记事的原始笔记，亦即今天看起来很"原始粗糙"的文本却是首次与大众见面，友人谢海涛年初从法国带来一部，让我们深有先睹为快的感觉。

据编者介绍，伯希和的整段旅程写在了不同的笔记本中。文本从 1906 年 7 月 15 日的撒马尔罕开始，结束于 1908 年 10 月 1 日的河南郑州。当然其中还有或长或短的缺失。

虽然伯希和的这些笔记跨度是两年有余，但今天的人拿到这些笔记时，最想看到的是什么？我想必定是他在进入敦煌藏经洞前后这段时间的记事。这样想也许并非君子之腹。但不管怎么样，我们自己是这样做的。其实当伯希和本人在乌鲁木齐听到有关藏经洞的信息时，也迫不及待地缩短了在新疆的考察过程，急急忙忙跑到敦煌去。这个心态与我们今天一拿到这本书，马上就想看敦煌藏经洞的事是一样的。

伯希和花了二十来天的功夫细致地清理完藏经洞，之后就立马写了一封长信寄给派遣他到中国考察的法国亚洲协会会长塞纳（Sénart），详细介绍他的工作过程与感受。信的前半段说的是考察石窟的情况，讲完后，接着就说道："我最终要讲最大的新闻了。"接下来就是以十分激动的心情历数其在洞里的发现。他真没有理由不激动。想想看，发现在一个不起眼的小石洞里竟然堆满了一两万卷千年以上的写本，会是什么感觉？芝麻开门后的情景也不过如此吧。此信后来发表在当年的《法国远东学院学报》上，已被耿昇先生译为中文。虽然该信内容十分详尽，但到底是事后所写，如果有每天的笔记存在，当然我们更想读读这些笔记。人类共有的窥秘心理，让我们更想知道此信未讲到的一些幕后情况，我们尤其想知道伯希和是怎样与王道士打交道，才被允许入洞，并以那么低廉的价格拿走了那么多的卷子。但很显然，伯希和一百年前就在提防着我们了。在最能表现细致行为的排日记事的笔记中，他竟然不肯透露过多的细节。显然，他是一个读书人，他清楚地知道用那样的价钱换取那样的宝物乃是迹近于抢劫的行为。据说日后他在北京学人宴请他的酒席上，对着某些人的责难，急急辩解道，我那是用钱买来的呀。

的确，伯希和是付了点钱的，但他本来打算付得更多，只要王道士肯将卷子全部卖给他。在进洞的头一天里，他就计划付出三千两银子买下所有卷子，这笔钱可是斯坦因付出的整整 15 倍。但王道士虽然愚蠢，却也不想把所有鸡蛋都放在一个篮子里，他不把所有卷子都卖给伯希和，正像他先前只卖一部分给斯坦因一样。一来怕动静太大，他担不起干系；二来或许其他部分还可待价而沽。而且王道士始终就不想让外人知道此事，过去就交代斯坦因不得走漏风声。果然，这位斯洋人信守诺言，没有对人透露半个字，所以伯希和在到乌鲁木齐之前，一点风都没有摸到。当时洋人的同行竞争是很激烈的 [1]。伯希和知道敦煌藏经洞的事是得之于在乌鲁木齐的一些中国官员，而不是那些外国同行。但是，尽管伯希和在笔记中没有把什么情况都说出来，却也吐露了不少真实心声，这点我们在下面就可以看到，这就是当时的笔记给读者的现场感与事后公开的文章的官样化的差异。

伯希和是 1908 年 2 月 25 日到达敦煌千佛洞的："傍晚 6 点，

1　在搜索完藏经洞后的 3 月 28 日，伯希和读了瓦扬带给他看的一本《科学杂志》(la Revue scientifique)，刊载有斯坦因在尼雅与罗布泊考察的报告。之后他在笔记上写道："显然，我们的同行收获巨大啊。"不无酸溜溜的味道。

在走完这走不完的一程的最后一段，我们到达了千佛洞，我自然是那里的不速之客。"第二天起，伯希和就开始对千佛洞的石窟进行仔细的考察研究，一天之内就看遍了十个洞，并很得意于自己纠正了徐松对一通碑文的考证错误，可见他事先做的功课有多么充分。第三天，他就迫不及待地派人去找前晚刚从外地回来的王道，但却没能看到任何卷子，因为钥匙还要再过一天才能拿到。当然，伯希和并不浪费时间，他一刻不停地在石窟里工作。此后每天如此，有时兴奋，有时感到没有"新鲜刺激"。终于在3月3日，伯希和得偿所愿，不止是看到卷子，而是进入了藏经洞。我们不知道从2月27日到3月2日之间，伯希和采用了什么手段搞定了王道士，他一点没有透露。笔记中所表现的他头一天进入藏经洞极其亢奋的心情，让人读了印象深刻：

　　1908年3月3日：我过了整个封斋前的星期二，整整连续十个钟头，蹲在放手稿的洞里，10尺乘10尺的地方，三面都是2到3尺深的卷子；实在没法把一页页分开，只能趴在地上；我腰酸背疼得厉害，但我对于这一天一点也不后悔。这些就是那个王道在1900年发现的成千上万的卷子了，还有无数页藏语手稿。汉文和藏文都有大量文献，还有600多卷玄奘翻译的《摩诃般若波罗密多经》占了让人难以忍受的一大块地方。但所有这些都乱七八糟。在汉文和藏文旁边，还能发现少数婆罗迷文和回鹘文的东西。……所有这些都属于从六世纪到十世纪的一个时代。有些翻译可能是现在的"三藏"中所没有的；可我随身既没有南条也没有藤井[1]。我只仔细研究了在大蕃国甘州的修多寺所做的翻译，因为在吐蕃人统治的时代里，这些翻译有更大的可能是新的。我还找到一个唐朝某年的详细日历，前有一个《切韵补正》，我觉得这个《切韵补正》是新的。还有几个印刷的图像，带有藏汉对照的说明。……可以肯定地说，整个图书馆般的洞窟必定是由于处于某种困境中而用石头封死的，我想大概是西夏战乱之类的困境吧，因为到目前为止我没有发现任何西夏时代以后的东西。

那个道士对我说，斯坦因付了寺里 200 两银子，而后（按：此词写了但被划掉，不知何故）他被准许——县长也同意——带走一定数目的卷子；他还——道士直言不讳地补充道——亲手又给了 50 两银子，以便多带走一些。最终他

1　南条指南条文雄，他写有 *A Catalogue of the Chinese Translation of the Buddhist Tripitaka, the Sacred Canon of the Buddhists in China and Japan*, Oxford, 1883（《汉译佛教三藏目录，中国日本的佛教经典》，牛津，1883）；藤井其人则著有《现存日本大藏经汉字目录》，京都，1898。

应该拿走了五六十件卷子，显然他喜欢选婆罗迷文和藏文的。他在洞里工作了3天，但原件一扎扎的状态向我表明大部分东西他翻都没翻。至于汉文，他只能胡乱地拿。对我们来说，毫无疑问人家会卖给我们一定数量的手稿，但我很愿意出价3000两银子把全部藏品都买下来，并答应给东京的那家出版大藏经的出版社一个完整的复本。如果这里的人怕因此受牵连，也许还要把一些卷子赠给官员，那我想出价1500两银子买下所有非汉文的部分和那些有历史价值的汉文卷子。真奇怪，这里有如此大量的历史文献，却没有任何中国学者前来探一探。

只有数百字的记述，就让我们体会到了一个学者在获睹珍贵文献时的真实感觉。而且还有一点很重要的是，藏经洞是1900年被发现的，等到伯希和到达那里的时候，时间已经过去了整整八年，他原以为必定有许多卷子流失了，结果完全出于他的意料，竟然还有整捆整捆没有动过的写本呈现在他眼前，不能不叫他有雷轰的感觉。到过藏经洞的人都知道，那是一个十分逼仄的小洞，真正的方丈之地，而且只有一个洞口，空气无法流通。一个人能在那里边呆上整整十个小时，而且是深陷于满洞的破旧纸堆中，而且还要维持一盏需要氧气的油灯，会是什么一种感觉。常人一定觉得窒息——实际上伯希和自己也经常觉得呼吸困难，但满目瑰宝却能让人忘记了这一切。实际上，他在洞中并非没有觉得不适，在第三天的日记中他就写道："将近下午 2 点半时，感到身体很不舒服，头晕，心脏不舒服，显然是因为我在洞里呼吸不畅。"不过，这丝毫没有影响他的工作，他在露天休息了一会，又继续埋首于万卷文献之中了。

伯希和是比斯坦因学问大得多的汉学家，他知道哪些卷子更有价值些。虽然他是后到者，但他后来拿走的卷子却都是高质量的，试看看现藏于巴黎国家图书馆的那些藏品便可明白。除了英法两国，俄罗斯与日本人也从敦煌拿走许多宝贝，今天想起这些往事，国人当然都是心痛不已，可是当时的国家社会哪里又有保护先人遗产的能力？

1986 年我曾在伦敦大英博物馆看过几份斯坦因劫去的卷子，其中有一份很有些意思，是两个小和尚争执而其中之一向大和尚投诉的状子。当看到千余年前的卷子至今还完好如初，甚至穿在卷子上的细麻绳仍然"健在"时，那份激动心情真是不可言状。后来又有机会到巴黎国家图书馆，也看了几份卷子，现在对照伯希和的笔记，真能回忆起自己当时在黎塞留（Richeliea）路旁的大楼里看这些卷子时的奇异感觉。当然我不是敦煌学者，纯粹是为了发思古之幽情才去瞻仰这些宝贝的。虽然今天所有这些卷子都能从大型的复制系列大书里甚至从网上看到，但与亲手摩娑实物的感觉到底是完全不一样的。

这以后的整整二十来天，伯希和天天钻在洞里，不停地翻阅挑选卷子，因为他知道将整个洞的宝贝全部买走是不可能的。他在头一天日记中的最后一句话，就是奇怪这样的宝贝，何以竟然没有一位中国学者来看一看。所以他必须想法带走最精彩的部分。尤其是想全部带走非汉文的文献，因为他坦承自己功力还有欠缺，对那些非汉语文字的卷子，只看得懂字母，但并不知道其中的意思。而对于汉文，由于他精通，可以挑好的拿。但他同时也发愁，这么多的卷子，怎么能在最短的时间里翻检完毕，第二天他就记道：

> 我不知道我该怎样干完我的整理、浏览工作；那里有10000卷呢，就算是编完我现在正在做的粗略名录，也要起码做上10天。……一方面我们不能无限期地耽搁滞留；而另一方面我又不愿意放弃这个亲手接触有趣文献的美妙机会。……我还找到了一些非佛教的书籍片断，比如《论语》的一章末尾；我有信心还能找到更好的。还要记一下几件道教文本。

在第三天，他发现了一块雕板，兴奋异常，因为"是晋朝开运时代的产物；这是五代时期的后晋吗？如果是前晋的话，那可真是早啊。我很后悔没带一本年号表来！"当然开运是五代后晋的年号，不是西晋或东晋的。伯希和尽管学识渊博，当时也不可能背下所有的中国年号。五代时已有雕板印刷自然说明中国的印刷术发明是很早了，但如果开运是西晋或东晋的年号，那要将印刷术的发明更推前好几百年，那可是翻天覆地的事了。当然至今也还没有发现早于唐代的印刷品。但伯希和对中国文明的景仰从上面这句话可以体会出来。

类似的发现是每天都有，如第四天，他自称是：

> 对我来说特别有收获的一天，找到三个婆罗迷文卷子，其中一件很长；一些道教手稿，一件有着武则天所造的特别汉字的经藏，因此大约可以追溯到公元 700 年左右；三件敦煌铭文的卷子及一件特别标明是千佛洞的（抄写的字迹很丑，还很潦草，但看得清）。还有一件了不得的卷子，上面有一个后来于十世纪初加上去的印章，这是一件著名的柳公权所抄录并石刻的《般若波罗蜜多心经》。最后还有两块新的雕板，其中一块和昨天的那块一样，上面标着开运丁未的时间；……最后，我还找到一份完全印刷的陀罗尼复本，纸

的状态——被虫蛀了以后又重新粘合起来——可以同时证明这件东西在十世纪上半叶就已经不是新的了，而且印刷文件在当时还很稀有，因此人们把它留下来了。

还有第五天，"又是很好的一天"，……第八天，"今天一天主要有两桩发现"，第九天，"今天上午，找到了差不多完整的《文选》第二章，上有李善的注释，还有修订过的《切韵》的大部分（也就是说应该是在孙愐的修订之后，但是在以唐韵为标题的修订之前）。还有敦煌人物生平的片断以及《书经》片断。……今天下午，又找到一个《文选》片断（第27章或第28章的末尾），另一些《书经》、《论语》以及《庄子》第一章，……"3月13日，"今天找到两件上面有表现地狱场景的插图的手稿，有一件真是有意思。"不知道这插图是不是上世纪七十年代饶宗颐先生编辑出版的《敦煌白画》里的那一幅。我记得九十年代在巴黎法国远东学院郭丽英教授家里看过此书，她当时正在诠释书上的一幅画，怀疑那是一张地狱图，但图上又只有左右九层，与十八地狱的说法有异，我看了一下，脱口而说出，大概左右两边合起来就是十八层了。她兴奋地说，很可能就是这样。

3月16日：

今天的两颗珍珠是：一件关于沙州地区的地理片断，上面标出了州治及寿昌县至那些围场、湖泊、山丘的距离。真幸运，和我之前找到的大描述比起来，这个片断正好填补了一些空白。一件去五台山旅行的小日志，由那个在那里（按：此处划去"涂画"一词）勾画了庙宇布局图的僧人所做。应该就是他，在回程中完成了五台山的大地图，该图装饰了这里主要石窟之一的壁板背景。

我们不可能在短短的篇幅里全部列出伯希和的收获，只能借用一句粗俗不过的话来形容他这三个多星期的状况，真是"老鼠掉到米笱里了"。到3月25日，总算将这只米笱差不多清理完毕了："今天只有几个卷子要看了。要完成检查了。"于是在第二天奢侈了一把，"洗了一个澡，……简单地放了一天假。我相当疲倦，与书籍的灰尘混在一起，我一直在咳嗽，喉咙也痛，半个多月来一直这样"。但即使这样，他还是不放心自己是否有遗漏，于是"下午我又去藏经洞里整理了一下。我以为一会儿就能干完，但我今天没整理完。又看了一些文件，我发现乾祐似乎在大汉之前，这可能不是大唐的一个年号。我又找到了《阃外春秋》的开头部分，之前我没认出来。"

从3月27日开始，伯希和不再进藏经洞了，"重新开始研究石窟"。这以后就是与王道士谈判，以多少银子换多少卷子的事了。但详细谈判情况我们从笔记里依然看不到，只有片断的记述，或许他真是故意不讲呢。他在3月31日里记道："王道士准备出让这藏经洞的一大部分，除了那些某蒙古王公会来看的藏文大手稿；但就是那部分我最想得到，后天要再谈谈。"这个谈谈的过程十分的长，直到5月8日，在伯希和"花了80两银子买了上寺的绘画和木雕"后，他又记道："至于王道士，他还磨磨蹭蹭，要明天早上和我说话。"显见谈判一直不顺遂。最终在5月12日才算最后搞定："今晚买卷子的事解决了：最终我得到了所有我另放在一边的汉文和藏文部分，还有藏文夹板中的一块（不可能得到其余了）。而王道士，他说，他还有石窟里的绘画，他从前就放在一边的；我明天去看看。"这时已在他做完藏经洞工作一个半月以上了。但他为那些卷子共付出多少钱，我们始终没有看到。只知道在5月14日他又从"王道士那里买了38件来自石窟的大型绘画，200两银子，还有少量木制的。这些绘画很有趣稀罕，可惜都是十世纪的'常规风格'，石窟最为僵硬、单调的时代。"

　　当然，在5月12日之前，还有好些天笔记已经不存。但就以上引文的连续性来讲并没有中断。照理在"最终解决"的5月12日，他应该顺带说出付款金额的。后来传闻伯希和是用500两银子换走了5000卷子。而前面王道士说的斯坦因花了200两银子拿走五六十件的事并不可靠，斯坦因劫走的卷子大大小小，完整碎片有上万件之多。或许王道士是以假话来强调卷子的贵重？但即使如此，伯希和的500两银子相对于5000件宝贝，也与欺诈掠夺行为相去不远。我常以小人之心度人，故此十分怀疑伯希和在写笔记时是留了一手的。

尾声："1908年5月27日：我们离开千佛洞回到敦煌，在沙漠的大风暴中，风从北部、东北部来；沙丘差不多一瞬间就形成了。1908年5月28日：今天我30岁了。……"一个刚到而立之年的学者能有上述的发现，他的一生真是不白活了。

照理，按照伯希和的每日笔记，我们能够知道的就是以上这些详情了。但是幸运的是，吉美博物馆在整理出版这些笔记时还附上了伯希和致塞纳的几封信，其中有两封（实际上是分成三次写成）极其重要，证实了我们上面的怀疑，而且真正反映了伯希和的心理活动。所以我们不得不让读者再费一些时间继续往下读。在4月26日的信中，他说道：

　　当然，在一般寄给报纸的消息中，甚至在学院的《报告》中，就我们所掌握的东西，可能不要透露得太过详细为好。那些中国人没有对王道的发现产生太多兴趣，没有说什么反对出让给我们的话。当然，在我看来，目前没必要太冒风险吸引他们的注意。他们不把这件事情搞坏的机会只有千分之一；但我看，相反的情况也没什么大好处，那样我就得心情恶劣地和北京方面的当权者打交道了，接着还会不利于我想在那里干的事。同样的道理，除非您觉得本信应该公开，我是不希望这封信立刻公开的。

事实上，这些信是一直遵照伯希和的意思，此前始终没有公开过。

伯希和的确是在处处提防着的，而且在良心上也不是没有觉得不安，这在后面我们还会看到，但在这封信里他除了希望巴黎方面能尽量保密外，还要求再筹措一部分资金。他在笔记里没有详细说到的与王道士的"谈判"过程，在这封信里也说得更清楚了：

由于王道常常不在，所以我和他的谈判几乎没有进展。我一直处在 3 月 26 号那封信中所讲的那点上，也就是说，我拥有了所有那些我向您讲起的特别有趣的文本，除了藏文部分。但我又把 90 扎左右的文本放在一边，坚持想要，道士答应我把它们拿出来；我天天等他行动。在此期间，佛教僧人出让给我们一些美丽的木雕，而我觊觎那些出自藏经洞的绘画，王道把它们给了上寺。

4月30日，由于天气的激烈变化，一下子从一个月前的28度掉到了零下6度，伯希和于是在这一天写的信中说道：

> 我们抢劫了那些古代信徒写给神明们的书，神明就这样表示祂们的愤恨吗？假如这些书写下来是为了让人读的，那么它们肯定在我们那里会比在这千佛洞的藏经洞里得到更加狂热的崇拜。我希望高层力量的介入不要提高王道的报价；原则上，得到藏文文献（除了甘珠尔）的事情已经解决了，但是我们还想压压价。

不待后来中国人的指责，他是早已明白自己的行为是迹近于抢劫的。但30日这封信未及写完，一直拖到将近一个月后的5月28日才写完发出。这一天，也就是他在笔记中说，"今天我30岁了"的那一天。

他在信里对塞纳说：

> 我知道我还没对您谈起我和王道的谈判。最终，一切顺利结束。我得到了所有我想要的汉文、婆罗迷文、回鹘文

部分；藏文部分，我也得到了所有书页形式或卷子形式的手稿，只除了大甘珠尔的十一件夹板以外；而关于那十一件夹板，我可以买三件。我同样还要带回所有的绘画、木雕、青铜制品。关于绘画，王道把最大的卷子都藏了起来；我没有在石窟中看到它们。后来他给我看了这些绘画，我全买了下来，尽管没有看到杰作；我们在中国古代绘画方面如此贫乏，所以一些十世纪的真正卷子对我们来说还是一项丰富的教学资源，无论是它们的材质、颜色还是主题。获得这些东西弄瘪了我们的钱袋，这我还要补充吗？一直到北京，我们一路上都有充分的给养，但是为了在那里再做一点什么事，我在前几封信里要求的资源并不能算太多。

伯希和的功过是非今天已经无须再作分析，事情都明摆在这里了。但是我们还想多说一句话：伯希和本人是一位真正的学者。作为一个学者，最惧怕的就是记录人类文明的文献的损失。除了想把中国这些宝贵的遗产化为法国的财富以外，他真正是害怕这些宝贵的文化遗产会遭受不测。因此他在旅途中不顾劳累，将其中最有价值的部分抄录下来，在 4 月 26 日信的最后，他说："为了以防丢失——尽管这不大可能，我抄录了最重要的文本：疑似惠超的旅行记，那件景教小文本，摩尼教残片，那些关于敦煌的地理文本。我还在继续进行这个工作，只要晚上有时间。"这种心境才真正是"东海西海，心同理同"。

（此文发表于《书城》2009 年第 6 期，

署名周振鹤、张琳敏）

家谱与文化地理研究

　　文化史与文化地理要依靠大量的文献资料，但一般研究者对资料的搜寻多集中于史籍、文集、方志、笔记、小说、诗歌等方面，而于家谱较少注意。家谱主体是一姓一族的血缘谱系，未能直接提供有用的文化史与文化地理材料。但在家谱的前后往往有些序跋，还有些种类繁杂的文献，如诗文钞（或艺文、文翰）、如奏折、如诰封，甚至有地契、有案卷、有碑记、有日记，还有难以归类的形形色色的杂记。这些文献有时有直接的材料可用，但大多数情况只有零星的间接的材料可取。然而由于家谱所收文献种类庞杂，良莠不齐，有些文字在数量或质量上不够刊刻别集的水平，只能厕身于自家的家谱中。因此这些文字即使间接，即使零星，但于研究有用，在别处又无法觅到，便只有往家谱中去搜寻。这里仅举几例以说明这些文字资料对于文化地理研究的作用。

例之一：在民国间刊刻的《义门陈氏宗谱》中，载有一篇清代道光七年（1827年）所写的《元宵悬灯演剧助田碑记》，其中提到浙江的元宵节特别热闹，踏灯庆赏从正月十五一直延展到十八。俗传这是五代吴越国王金钱买灯后，才有此兴盛景象。因此该地至今盛行试灯、落灯的仪式。但该陈氏家族在元宵时，虽然灯彩绚烂，歌台却是岑寂，所以有人在嘉庆九年出田十九亩零，归祠内族长收管，用其租息以供元宵灯会与演戏之费用。这样的记载不但使读者对普遍的浙江元宵习俗有基本了解，而且还对义门陈氏在晚清时元宵庆典的状况有皮毛的知识，如果有人想作更具体的研究，可以循此资料再行深入的探索。

例之二：上海在晚清是中外文化激烈碰撞的焦点。许多移民在进入上海后，深切感受到这一点。有一上虞田姓绅士在上海生活了一段时间，回乡后写了一个剧本，叫做《太上图》，长达八十二折，以宋代契丹间关系作为本事，影射当时列强环伺中国的现实。此剧本今日已不得见，但从《上虞永丰乡田氏宗谱》所附两篇杂著，即作剧者写于同治十三年（1873年）的《太上图剧本序》，以及民国四年另一旅居上海的绍兴人写的跋，略可见其大概。除了大体知道剧本大意外，对清末民初上海中外文化交流中所起作用，以及旅居上海的外地士绅的思想情感会留下点滴印象。序长而不录，仅录其跋以见一斑：

太上图剧本八十二折，上虞田凡卿先生撰，借南宋契丹故实以抒写胸襟，自可谱之声律作为人鉴。按先生自序时旅沪上见夫五口通商，华洋杂居，海水纷飞日逼，处引东顾三岛，已县冲绳，咸本其帝国主义殖民政策以相侵，陵茫茫神州，沈沈星睡梦，是编以凌虚之笔，文言道俗而褒贬惩劝悉寓其中，亦谐亦庄，可歌可泣，诚维系人心，扶持世道之作也。尔来沧桑更变，外患内忧，日不暇给，世风日下，民俗日漓，讲社会教育者恒以改良戏剧为救时利器，于是新编剧本纷纷杂出于其间，先民矩口，吐弃一切，等诸弁髦，抑知新剧之出，非不光怪陆离、骇耳炫目，然恒为上等社会说法，而于一般人情反有不相合者，是编仍借因果报施之说，因其势而利导之，吾知其感发之机较新剧必深且易焉。披诵一过，爰跋数语以志吾乡先正之典型云尔。

这位写剧本的田凡卿看来不是一般人物，与清末民初的名人汤寿潜也有交往，故汤寿潜于宣统元年写有《题田时霖自署市井小人摄影》小文一则，也载于族谱："田时霖君商于沪市，义若渴将伯助余，而从无纤毫之私，余方隐然以市井之礼下之，及见其小影辄自署曰市井小人,讵不异哉?天下正惟小人无不冒为君子,君固余所礼下为君子者,顾以小人自号,于从其有所激而云然耶。"

　　例之三:徽商在中国历史上是一个重要的社会群体,这一方面已有许多研究成果。在家谱中也存在一些有用资料透视与他们有关的文化地理现象。例如《大阜潘氏支谱》载有一篇《歙行日记》,叙述光绪年间在苏州经商的某歙县大阜人回乡展墓的经过。其中提到两件事与文化地理颇有关系。一是他在乡里遇到两个人会讲苏州话,一是提到苏州与徽州扫墓风俗不同。徽州话比较特别,至今尚难于归入汉语七大方言中去。但徽州人既出外经商,不能不与坐商地的方言相沟通,否则于生意不利。同时,处于当地强势方言包围之中,也必定要受其濡染。所以不但写日记者本人懂得苏州话,而且前此已回乡的族人,因为小时在苏州长大,也能说苏州话。因此维系徽州人乡情的最主要恐怕不是语言,而是祭祖这一宗教仪式。但就这一点,从苏州回乡的人也有提出改革的意思,认为可以学习苏州人一年扫墓两次的风俗,以加强对祖坟的保护,而不是只有清明一次礼仪性的祭拜而已。这一记载不但反映了苏、歙两地风俗差异,而且让我们看出风俗变迁的可能性及其原因。

　　这两则日记很短,附载于此,以作参考。第一则:"(光绪七

年 [1881 年] 三月）二十四日，傍晚叔陶叔遵镕来，说苏州话。盖自幼在苏，去年归乡与棣园叔同住。二十五日，德夫弟来，亦能苏话。"第二则：记其于四月初七日，按墓图前去扫墓，对改进扫墓方式发表了如下意见："每年只春间祭扫一次，何弗省体荐鼓乐为秋季祭扫。吴地扫墓皆春秋两次，意在展示之勤，不在礼仪之备也。"这不但说明歙、苏两地文化上不同，还表现了写日记的潘钟瑞其人已受不同文化的影响，而且认为应该从善如流，改从苏俗。

例之四：徽州商人在地域上看是一个整体，但在徽州地区内部，其实也存在差异。不但徽属各县出外经商的人数与规模有程度的不同，即就其中最著名的歙县一邑而言，四乡之间也有参差，如西乡出有许多巨商大贾，而南乡、北乡、东乡相对就少得多。如果从家谱结合其他有关资料去作详细分析，也许就会得出徽商分布的地域差异来。至于徽州地区附近诸县，既然密迩徽州，是否也会受到经商风气影响，而有外出经商的纪录呢，或者是畛域分明，徽州以外地区仍然还是保持耕读传统一成不变呢？作者不长于徽商研究，但偶而翻到一部《桂城陈氏族谱》，似乎可以说明点问题。

太平县今已改为黄山市，紧邻清代徽州府的北面。桂城原是该县附城的一个乡，位列诸乡之首。陈姓在该乡是一大族，据族谱所言，此陈氏是周代妫姓之后，这自然不可信以为实。基本可信的是陈氏移居太平县为时已久，大约已有上千年历史。在这一千年里头，这一族已经分成许多支派，但有一个共同的特点，即多是耕读传家。在清代，太平县虽然不像其近邻歙县、休宁那样出现经商的高潮，但该县的基本风俗也还是以经商为重，即所谓"俗尚懋迁"。陈氏家族也同样有经商致富者，但似乎相当稀罕。到了晚清大变革时期，陈氏家族发生了比较显著的变化，形成外出经商的高潮，改变了历来耕读传家的旧风。在《桂城陈氏族谱》附录的一些家传中，充分地揭示了这样一种小范围的文化现象。

这些小传从历史学家看来，只是一些普通人物的普通行为的记录，与一般文集里的道貌岸然的名人传记相去甚远，与宣付国史馆立传的经国济民的大人物传记，更是相差十万八千里。但正是在这样的小传中，我们看到了历史上不可能记载的，普普通通的一个桂城陈氏家族的变迁。这一变迁主要发生在太平天国战争中，由于逃避战乱，家族中的邦、国、芳、懋四辈都有人远出家门，成为地道的商人，有的还相当成功，从而导致风俗的变迁。如《清赠君邦橦家传》载陈邦橦其人"稍长，知治生，更亟于求学。始改业服贾于荆南枝江董市。董市居江介上游，西通川黔，一转移便得良价。乃集资设肆号曰'公和'。经画有方，声遍于川楚，各业日兴"。这一成功并不只是一个人的事，而是改变了这个家族的风气："先是族多历世耕读，老死乡井，不事他业。自君起而变其风习。萃族里子弟，走通都大埠，习业者踵相接。君时资以食用，而授以事，其因此而成家兴业者，不可悉数。"风气的改变必须有人敢为天下先，有人给后来者实际上的支持，陈邦橦于是成了陈氏家族经商的领头羊。

陈邦橦所创公和店号，大约反映了这个店的合资性质。对于这一点，在《清例贡君国绍家传》中有所记述："国绍……性善理财，长复从事商业。荆之枝江有大集曰董市，素产布。族人因避兵里门，走江汉上游，乃集资设店于此，称'陈公和'庄号。有声于大都会。君亦店主之一，精于持筹，信义昭著，又雅善积蓄，境渐丰亨。然聚而能散，尝以吝财为可羞，遇有义举，靡不损资倡导。如董市之太平会馆、文昌阁及三斗坪之文昌阁，暨两镇之太平义园，吾族之总祠、祭田，一皆竭诚襄助。"陈国绍看来是陈邦橦的合伙人，从辈份上则比他低一辈。与陈国绍同样成功商人还有陈国琳，他是国绍的从弟。《国琳家传》说："（国绍）嘉其有货殖才，饶心计，既张肆董市，则俾其载资以从。君虽居肆为主人之一，然不立崖岸，用能协其曹伍，又喜交游，与市中群估欢好无间，声气既广，行以侠义，有相浼者，咸有以答其意，尤缓急可恃，坐估行商，获伙助者誉流江湖，无间远近。君以是凡有计划，藉此多获其益。地方官亦多知君名，蔚然称间阎巨擘者数十年。"以上三人都在陈公和庄，以血缘关系为纽带，以求加强竞争力，这应当是当时常见的发展商业的途径。

陈氏家族中的芳字辈与懋字辈也有到董市经商而发迹的。例如据《芳昌家传》载，陈芳昌在太平军入皖时"奉母避地荆州之董市"，也在彼处从事经商活动，但由于种种变故，经商不顺利，不如另一位懋字辈的族人陈懋孝。据《懋孝家传》说："懋孝……年未弱冠，出而治生，体节母之劬劳，慨然以勤苦自立席，营布业于荆州之董市，在受廛诸曹伍中与人一本信义，由是见重于闾阎间，所业亦骎骎称盛。"这是自己立业的例子，但也是同样在董市，看来这里是陈氏家族经商者麕集的地方。家族之间也许互相援手。当然也有在董市之外的。如陈芳培"六龄随父避地汉口，年十三，父运膏油于吴门客苑邸店，父有冶业屯贩铁产，榜曰'永和'，君以孤童支拄其间"，就是一例。

太平天国战争之后，影响陈氏家族的第二次变故是清末的废科举。耕读传家的思想背景一是重农轻末，二是登科出仕，即所谓"朝为种田郎，暮登天子堂"。科举一废，断了仕途，就只好另寻出路，其中有些人就走上经商之路。更高明者在科举未废之前，看到废八股而改试策论，就预测到科举必亡，抢先一步，改弦易辙。例如陈氏家族在前述邦、国、芳、懋四辈之后的必字辈，就有人在此时开始经商。《德星家传》中说："德星，派名必恒……清季诏废制艺试策论，人士盲然，罔所适从。封君（按：指必恒之父）念科兴一途已成驽末，遂命君从事商贾，往来贩鬻湖北之夏口、云梦各市镇，时绵纱货至流通，有揭橥之太生纱肆，君往习其业，辄精，号为练达。信义彰著，肆主视若左右手。弱冠入沪上襄办一切。肆例分别部居，各事其事，君占其重要者。未几，充分任职，接应浩穰。"

必字辈从商者还有稍早于此者，如《必仁家传》载其"成童之年，犹从塾师授经，既见家贫亲老，儒业迂缓无以解目前之困，乃请于封公，愿随乡人服估汉皋。封公韪之。越岁开春，遂挈之入汉市为艺徒，居肆三年，练肆勤奋，主笾者深器之，拔诸曹伍中，令为采办"。

《陈氏族谱》诸家传除了让我们看到晚清陈氏家族改变风俗从事经商以外，还让我们看到了经商的途径有好几种，一是上面所述独立经营（独资或合资），二是被人雇佣，成为经理一类商人。据家传记载陈氏家族中至少有两人由此而发迹，如陈懋发《家传》载："本恬湖里（按：太平县属里名），傲商湖北三斗坪，袭芳兆君之业。君质性醇厚，聪颖异常儿。年十五习商业于沙洋。而汉口汪氏之商有揭橥曰谦和者，以经营洋产为业。主人器重君，邀入汉市，属掌簿记出纳。君感其知遇，竭诚居职，处置裕如。汪氏固有总庄在沪，沪俗习尚繁华，而总持庄事者非其人。主人物色助理，乃肖君以副之，逾三年遂更代其职，凡在沪浃年，主持勤慎如一日，居奇操赢数致倍利。"前文提到的陈必恒从湖北受雇经商始，而成功于上海："沪上又东南辐凑之地，非洞晓中外低昂消息者，莫能措办。君居肆日久，辛亥国变，讹言流行，市人惊恐，一时商于申江者，多辍业，君屹然弗为之动，谓所主笕得皆累年经营之母财，若一颓败，非惟平日之精力抛尽，其所波及，祸又奚如。遂力主镇定。识者伟之。君自是声誉噪沪渎间矣。"陈必恒以其卓识挺过了辛亥革命的大变动，不但在上海成为有点名气的人物，更由此而成为旅沪安徽同乡会等社会组织的中坚，而且也积财甚多："生平以商界宿望，居沪渎间，一言重若九鼎，而贩鬻所贮积奚啻亿万。"

《陈氏桂城族谱》只是我国现存千万部家谱中的一部，已经有如许材料可资利用，推想其他族谱也可能有同类型的资料让我们看出社会文化的变迁，问题只在于如何发现与利用而已。

文化地理研究的是文化现象的地域差异，中国是一个历史悠久、幅员辽阔、文化灿烂的国家，地域文化表现出多彩多姿的面貌。因此文化地理研究（包括语言、宗教、风俗地理以及不同地域文化的交融现象）有广阔的前景，利用包括家谱在内各种文献资料来推进这一学科的发展，是很重要的手段，我们应给予充分的重视。

有光荣也要有梦想
——对郑和航海六百年纪念的反思

　　郑和首次航海六百年的纪念活动从去年就已经开始了。今天我们十分惊叹郑和七下西洋竟然是当时世界上最大规模的航海活动，无论从船队的规模，船只的大小，船员的数量，续航的能力，远航的次数以及航行延续年限之长，在世界史上都是史无前例、首屈一指的。但是倒退一百年以前，学术界对郑和了解并不多，因为《明史》的郑和传不过短短七百字，一切有关郑和航海的档案早就被焚毁殆尽，我们从官方文献中很难窥见郑和航海的全貌。倒是民间有关郑和的传闻绵延不断，那多半是因为晚明万历年间罗懋登的长篇小说《三宝太监下西洋演义》的深刻影响，同时还有远下南洋谋生的华侨对以郑和为代表的祖先飘洋过海事迹的怀念。在南洋的华人侨居地，多有三宝公留下的遗迹，例如印尼的泗水在华侨口中就称为三宝垄。但民间的郑和多具传奇色彩，真正了解郑和航海意义的人并不多。

直到一百年前，梁启超写了《我国大航海家郑和》一文以后，郑和研究才进入学者的视域。梁启超以思想家的敏锐与历史学家的见识最先将郑和航海的意义揭橥于世，引导大众对祖国光荣历史的缅怀，目的是要激励国人去争取一个光明的未来。一百年前的中国灾难深重，自鸦片战争以来半个多世纪，中国一直处于丧权辱国的地位，一次次的战争，一次次的失败，一次次的割地，一次次的赔款，直到八国联军践踏京城，国家民族脸面扫地以尽。中国人太需要光荣的历史来支撑自己的自信心了，自这以后，我们才发现原来我们的祖先即使连航海活动也远远领先于那些从海上来侵略我们的外夷，人心自然振奋，郑和研究也就此拉开了序幕。

时至今日，郑和研究已经有了长足的进展，取得了不少成果，对郑和航海在中国历史上与世界历史上的意义有了更加深刻的认识。但是有一点必须注意，那就是无论如何我们不能将郑和的航海事业无限放大，真以为我们在六百年前已经发现美洲，发现澳洲，甚至环行世界了。也许我们有这样的能力，但却没有做到这一点，否则后来的世界绝不会是今天的模样。当然对于郑和航海的真实成就，绝大部分中国学者还是头脑清醒的。但是对于郑和航海为什么只是那样的结局？郑和以后为什么没有出现第二个郑和？人们的认识却不一致。其实答案并不复杂，那就是因为我们始终只是一个大陆国家，而不是一个海洋国家。我国的主流意识始终是大陆意识，我们始终骄傲的是以农立国，海洋意识只是非主流意识，甚至只存在于沿海地区的民间之中而已。国家的财政来源几乎完全依赖农业赋税，农是本，其他各行各业都是末，重本轻末是历来的国策。没有正确的指导思想，中国怎么可能成为一个航海大国？

所以郑和航海只是一种统治者的政治行为，或为了宣扬国威，或为了睦邻友好，或者只是为了宣扬永乐皇帝的登基的合法性，或者真的是为了搜寻建文帝的下落，而没有丝毫的经济动力。我们并不想通过航海去获取任何经济利益，相反是以陆上的农业产出去支持庞大的航海消费。一次航海动辄数万船员，后勤基地人员尚且不计；一个船队由数百艘船只组成，大船据说长至百余米；一个航程长达两三年，七下西洋前后费时 28 年。这样大规模的耗费资金的活动不从航海本身取得回报，却要从国库中无端支出，自然使郑和航海不可能永远持续下去，只能是挟明初雄厚的国力，勉力为之。因此郑和下西洋虽然能证明我们有航海能力，但却不能证明我们是一个航海强国。我们是有可能成为航海强国的，只要我们将航海活动当成经济行为，当成争取海权的工具，可惜我们始终没有这样的意识。相反，明朝的开国皇帝朱元璋明确宣布海禁政策，明确禁止子孙后代远征海外。这就使得明代出现这样的悖论，即一方面国家有强大的航海能力，但却同时又严厉实行海禁政策，我们自己束缚了自己。

进一步而言，我们的航海能力并不是在明代才突然增强的，还在汉代我们的祖先就已经航行到印度南部，到了唐代更远航到了波斯湾，郑和航海只不过是唐代航路的延长而已。中国人历来是有航海能力的，因为中国毕竟有那么长的海岸线，但中国的主流意识却又是不以航海为重的，这就是无情的历史。我们有光荣，但是我们没有梦想。我们从来没有梦想过从海洋里得到什么，除非是微不足道的鱼盐之利与舟楫之便。海洋的更大利益我们完全没有想到。永乐皇帝通过航海让明朝成为南洋各国顶礼膜拜的天朝大国，他的政治任务便完成了，其他则无所求。所以郑和走到东非任务已经完成，声教已经无远弗届，再远的事我们管不着了，也不用管了，实在离我们太远了。我们不是不能发现美洲、澳洲，而是我们没有必要去发现它们。有人认为永乐皇帝是有世界眼光的统治者，郑和能航海正表明我们那个时候是开放的，这恰恰错了。永乐皇帝只满足于万国梯航来朝，满足于天下中心的虚幻地位。我们从来没有世界观，只有天下观。天下是由华夷组成的，我们是华，别人是夷。而世界却是万国林立的，你是一国，人家也是一国。我们只满足于华夷关系，不愿意与外国有正常平等交往的关系。我们只满足于朝贡贸易，反感于自由往来的贸易，因为我们自以为天朝大国无所不有。

我们没有对海洋的梦想，对海权的追求。我们更不可能去作环球航行，因为我们没有那样的思想背景。中国历来认为大地只是一个平面，怎么可能产生转地球一圈就回到原地的"荒诞"想法？郑和航海是必须以去路为回程的，绝不可能去冒东辕西辙之险。而希腊人在古代就想像过大地是一个球体，哥伦布也深信，他往西航行就是一定会到达东方的印度，而且他至死也以为他到达的美洲就是印度。在科学技术方面我们也缺乏梦想，我们太实际了。

当然，中国人是热爱和平的，尽管我们有能力争夺海权，但是我们没有将火与剑带到世界其他地方，这是我们值得自豪的地方。现在我们也仍然要提倡和平崛起，这是我们的优良传统，但同时我们也应该讲求经济效益，懂得争取海权，培养海洋意识，不能将自己应得的海洋利益拱手让人。如果我们从明朝起就有强烈的海洋意识，那么后来我们的海权就不会受到无端的挑战。在纪念郑和航海六百年的时候，值得我们反思的不但是为何我们有强大的航海能力，却未能成为海上强国，而且还有我们怎样才能成为一个海上强国的问题。我们是有过光荣的，但我们还要有梦想。

《晚清驻华外交官传记丛书》序

    中国自晚明到晚清，大致完成了从中国的世界到世界的中国的观念的转变。晚明以前，中国就是世界，世界就是中国。表示世界观念的是"天下"这个概念，中国人心目中的世界就是中国加上四夷的天下。这样思考问题似乎是有其正当原因的，自先秦到晚明，中国明白就是天下的中心，在陆上有参天可汗之道，从海上则是万国梯航来朝。中国文化的影响既深且远，按照晚明人的算法，受到中国文化影响的周边国家至少有五十多个，所谓"声教广被，无远弗届"是也。在这种情况下，中国与其周围的国家之间并不存在平等外交的意识，有的只是藩属朝贡的概念。但16世纪末，情况开始有了变化。欧洲天主教耶稣会士来到中国，带来了先进的世界地图。一些中国知识分子注意到，声教所被的周边国家与中国合在一起，也只不过占世界的五分之一而已，还有更多的国家处在"化外之地"里。原来中国只不过是万国之一的知识开始出现，也就是说，在少数人中间，世界的概念已经开始代替了天下的意识。

但值得注意的是，在晚明这还只是部分知识分子的觉悟而已。对于大部分人来说，他们并不知道有世界地图这回事，对于统治者而言，则是不愿意正视这一事实。其实清朝前期天主教传教士在宫廷中绘制过几种世界地图，但这并没有动摇皇帝的天下意识。1793年来华的英国马戛尔尼使团要求的是平等而不是朝贡式的外贸关系，但装载使团进献给皇帝礼物的车子上，依然被插上了写有进贡字样的旗子。乾隆皇帝不但认为天朝大国无所不有，毋庸与远在九万里之外的蕞尔小夷互通有无，而且仍以天下共主的意识，要求使团人员行不平等的三跪九叩礼。乾隆是看过世界地图的，但心理上依然不放弃中国的世界的观念。但不过半个世纪，他的孙辈就不得不面对从中国的世界到世界的中国的痛苦的真正的转变。列强要求中国建立近代化的外交制度，而不是将他们当朝贡国看待。他们要求在京派驻外交官，以平等礼节觐见皇帝，也就是建立近代化的外交关系。但是很不幸，这些要求都是在中国被西方列强打败的情况下提出来的，所以中西与后来中日的外交关系，从一开始就处于不平等的状态。对于这一时期的外交史的研究，自然是晚清史的重要组成部分，而作为外交史舞台上主要演员的外交官又当然是外交史的重要研究对象，但我们不得不承认，晚清外交史的研究还相当薄弱，而其中对驻华外交官的研究更几乎是一个空白的领域。

正当传教士研究近些年来已经进入我们的视野中时，对最早来华的三类洋人之中的外交官与商人实际上并没有开展多少深入的研究，尤其是在个案方面。例如，十九世纪后期先后担任过驻华与驻日外交官的巴夏礼，其传记的下半部写的是驻日生涯，在日本早就被翻译了出来。而在中国可以说很少有人知道这部传记的存在，更不知道其上半部主要写的是巴夏礼的在华经历。《晚清驻华外交官传记丛书》的目的就是想对晚清外交史的研究贡献一些基本的文献资料。法国史学家朗格鲁瓦（C.V.Langlois）和塞格诺博（Charles Seignobos）说过："历史学家与文献一道工作……不存在文献的替代物：没有文献就没有历史。"这套丛书就是从这一宗旨出发而提供给读者的一批基本文献，让读者看到晚清的外交史的部分图景。

当然，传记并非原始资料，而是传记作者的研究成果。但是对不掌握第一手资料的一般读者看来，仍然可以作为研究传主生平的津梁，只要我们在阅读的时候不被其结论所制约，而只着重其对事实的铺陈的话。当然事实也可以粉饰，更可以歪曲，但如果我们能不止于阅读一种传记，而是在阅读传记的同时参考更多的历史资料时，粉饰与歪曲是可以被我们看穿的。这就是鲁迅所说的比较的阅读法。因此这样的文献必须进行批判性的阅读才能起到真正的作用，这一点相信任何读者都是心中有数的。

历史作为消逝了的过去，并不是今天人们直接面对的事实，它只能在人们的重新认识与诠释中再现，所以历史本体自身必然带有诠释性，本体意义上的历史事实不可能完全重现——这当然指的主要是人类史而不是自然史，人们几乎无法原封不动地将其复原。如果说历史上的典章制度的复原还有一定的客观性的话，对于人物生平活动的复原就更多地带有历史编纂家的主观意识。因此通常我们所了解的历史事实，只能是经过历史认识主体重新建构的历史。也因此我们并不担心这套丛书原作者所构筑的历史就会直接成为读者心中的历史，而相信读者心中的历史必定是远比传主所复原的更加完善的历史。

因此收入本丛书中的传记对传主的某些不合适的赞许——这恐怕是所有传记作者写作的基本目的，并不代表此丛书策划者以及译者的观点，更不是策划者有意的导向，我想在这个读者有独立阅读与判断水平的年代，如果以为策划者与译者有导向的能力，那会是对读者的一种不敬。这套传记的出版除了给读者提供一种文献的来源以外，还希望读者藉着这些文献进而检索该传记所依据的更为原始的史料，同时还发现其他的史料作为补充或者修正，以彻底了解历史的本来面目。举例而言，本丛书中的美国外交官伯驾传，除了这本传记外，在中国人的记述里，还有其他的资料，这里仅举两条以资对照。道光二十七年的一件《粤东全省商民直白》中有这么几句话："咪利坚美士伯架，设立医馆，赠医送药，普济贫民，而中华士庶，无不赞羡其德。"这是指的他当传教士医生时的事。而在前一年的《广东全省绅耆士庶军民人等声明》则说："该国现有医生伯驾，向习外科医眼等症，并无别术声名，不识民情事势，不过在粤业医数年，稍晓广东土话数句而已。兹因该国公使不在，暂令其摄理印信，辄敢窃权持势，狐假虎威，随处生波，骚扰居民，始则骗租晓珠、下九、长乐各铺，继则图佔靖远、荳栏、联兴等街，又强租硬占潘姓行宇。我等初犹以为彼建讲堂医馆公事起见，讵料假公济私，营谋己宅，至乖条背约，欺蒙陷良，贪得无厌，廉耻罔顾。今又骗租南关曾姓房屋，至今舆情不协，街众弗容。伊乃胆敢砌词，混耸大宪，辄称条挟制，诬告我父母官长，种种不堪，殊堪发指。"这两条都是当时绅民对伯驾的认识，此外中国官员对伯驾也另有评论，这里不烦具引。所有这些记述，我们都可以做为重建历史的文献使用，至于对所有文献的理解能力我们与读者是处于同一个水平之上的。

　　外交官天然地代表着派出国的利益，这是毋庸赘言的。但在晚清时期列强的外交官远不止是这一利益的代表，而是带有明显的殖民主义与帝国主义特征，这是人所共知的事实。我们过去在批评传教士的时候，往往用上伪善这个词，那无异于说，有些传教士表面上看来至少是善良的。但是外交官则不然，他们差不多连伪善的面目也不存在，他们有许多是善者不来，来者不善，明火执仗，登堂入室的强盗。但有这点共识，并不意味着我们不需要从个体上对他们进行研究。如果说传教士至少在客观上对中外文化交流起了重要作用的话，那么外交官所起的作用与影响又是如何呢？即使我们在传记作者那里所看到的只是对传主的一味颂扬，但从他们对传主一生的叙述，我们依然可以明显看出"弱国无外交"的残酷现实。上面提到的英国驻华外交官巴夏礼可以说是一名典型的帝国主义分子，但他对中国的深刻了解，却使之将强权即是公理的手段运用得十分纯熟。事实上，晚清到中国的许多外交官对中国都有一定程度的了解，有的甚至了解极为深刻，这一点早在晚清就被认识到。冯桂芬在《校邠庐抗议》里就说道："通市二十年来，彼酋之习我语言文字者甚多，其尤者能读我经史，于我朝章、吏治、舆地、民情类能言之。而我都护以下之于彼国则懵然无所知。相形之下，能无愧乎？"在这种情况下，我们难道不需要多知道一些驻华外交官一生的经历以理解他们在中国的所作所为吗？毫无疑问，传记作者的偏见以及对传主的喜爱或崇拜，必定会使他们在写作传记时有意无意地夸大缩小，甚至掩盖某些事实真相。但上面已经提到，历史并不是只靠唯一的史料来塑造的，读者必定会搜寻相关史料来对传记内容进行批判性的阅读，以提高自己的鉴别能力，这是毋庸置疑的。

从另一方面看，这些在政治经济方面与中国发生直接关系的外交官，是不是有些在客观上对中外文化交流起了重要的作用呢？答案是肯定的。如英国驻华公使威妥玛（此人也是一个不折不扣的帝国主义分子）就对外国人的汉语学习贡献颇大，他编辑的汉语课本，他提倡的学习北京官话的做法，甚至对于中国标准官话从南到北的转向起了重要的促进作用，而他设计的汉字罗马拼音系统一直到现在还在使用，他本人后来则成了剑桥大学第一任汉学教授。又，英国驻宁波的第一任领事罗伯聃，也对中英语言接触有重要贡献，他将《伊索寓言》翻译成中文，并且将寓言的内容改成中国人易于接受的形式，又编纂有英语教科书《华英通用杂话》，成为后来中国人自己编写英语教科书的范本。再如英国驻华使馆的外交官翟理斯，编纂了一部卷帙巨大的汉英辞典，至今依然在语言接触史上有其参考价值，他又改进了威妥玛的拼音体系，使之更为完善。后来他继威妥玛成了剑桥大学的汉学教授，对在西洋传播中国文化起了重要的作用。

因此无论从那一方面来看，列强驻华外交官多数在晚清都起着形形色色的重要影响，而由于种种原因这种影响至今并没有完全董理清楚。我们要理解晚清以来的全部历史，就不能不把所有与这段历史有关的人物都做一番彻底的清理。传教士是一部分人，外交官又是一部分，如果我们对这些人没有比较透彻的了解，我们又如何全面深刻地认识晚清的历史呢？不管我们愿意不愿意，不管挨打的原因是不是由于落后，晚清的历史已经与世界的历史紧密地联系在一起了。因此如何认识构建完整的晚清史，就少不了与中国发生密切关系的外来的各色人等。尤其在中国史学家尚未对来华各种人士作出深入研究时，作为重要参考读物的西方人士所撰写的外交官传记肯定是不可或缺的参考物。

附带要说明的是，还在中国与西方列强建交以前，在中国的港口就驻有一些领事，处理各有关国家与中国的商务往来。这与世界上的通行情况一致，即领事制度远早于外交活动。但我们亦将这些领事列入外交官系列，事实上，有些领事后来也成了正式的外交官。而在中外正式建交以后，中国各地所有领事馆自然从属于外交机构，领事也自然是外交官的组成部分了。

推进中外关系史系列档案的公刊

——读《中美往来照会集》有感

新史料的发现是历史学科发展的主要动力。二十世纪四大新史料的发现直接推动了史学的繁荣。这四项新史料是殷墟甲骨、秦汉简牍、敦煌遗书与故宫明清档案。对这些史料的充分利用使上古史、中古史与近世史得到空前的发展，这是学术界有目共睹的事实。进而言之，有时一件档案的发现，会要解决一个千古的疑难。2002 年在湖南里耶发现的秦简——也是古代的档案，其中就有两个秦郡的名目为过去历史文献所不载，完全改写了秦始皇分天下为三十六郡的史实，使早已成为定论的《中国历史地图集》秦代部分今后将不得不予以改绘。同样道理，除了已经公开的文献资料以外，近现代史中的许多史实的真相也往往要靠档案去揭示。因而为了近现代史研究的发展，学者们对于利用晚清与民国时期档案的要求是十分迫切的。问题只是大量的档案还长期储于档案馆之中，或者因为来不及整理提供阅览，更来不及编辑出版，或者尚未到解密时间。即使已经解密可供阅览，也因为卷宗浩繁，提取麻烦，阅览费时，而影响效果，这些情况常使研究者虽然视档案馆为宝山，但却常常是令人空手而回的宝山。

其实近三十年来，国家第一第二档案馆已经陆续出版了许多档案资料，尤以一档所出的档案资料更为学者所称道。但档案数量的繁多，档案馆的人力有限，以及出版经费数额巨大，依然放慢了成体系的档案出版速度，赶不上研究课题的广度与深度的需要。譬如在中外关系史方面，一档馆出版了许多分类的档案，但至今尚未系统完整地将晚清民国时期中外往来的全部照会都予以公布，总令人觉得遗憾。除了国内的档案以外，历史研究者还往往瞩望于国外档案的开放与解密，因为如果没有这部分档案的利用，无论是中国史与中外关系史的研究都会是不完善的。晚清被迫与外国建立外交关系以来，驻华外国机构都要定期或不定期地向该国政府呈递报告，这些报告都具有重要的史料价值。我在撰写晚清新闻史的一些文章时，就充分利用了日本外交史料馆的档案。因为日本驻中国各地的领事馆每年都有当地报纸杂志的调查纪录，还有日本如何操纵资助亲日报纸的绝密材料。2000年有一段时间，位于东京六本木的日本外交史料馆是我天天必到的地方。

正因为档案对于研究历史的极端重要性，因此当我在 2004 年听说美国政府解密档案的事以后，立即专门从上海到北京美国驻华使馆文化处阅览这些档案的缩微胶卷，从早到晚，整整看了四天，发现其中有用资料极多，随处都是可以用作历史研究的素材。撇开比较专门的问题不谈，光是举一个很小的例子就足以看到档案的作用。美国的全称我们今天译作美利坚合众国，其中"合众国"一词的译法已经有一百来年的历史了。但是有谁询问过："合众国"这个词的意思到底是合众 + 国，还是合 + 众国呢？偏偏咸丰八年（1858）直隶总督谭廷襄就向美国一个外交官提出了这个问题。这个外交官明确地回答说合众国是合 + 众国的意思。因为合众国（united states）是由许多国（state）合起来的。这个外交官就是身兼传教士的卫三畏（Samuel Wells Williams，中文名亦称卫廉士），他的这封回信的原件就附在这批档案之中的《中美往来照会集》里。谭的原信不知今天尚存天壤间否，但由卫廉士回信我们可以揣测谭主要问的是美国国玺的含义，而卫氏不但解释国玺之义，还附带说明了合众国的意思。

《美国政府解密档案》来自美国国务院档案馆，内容包括18、19 世纪以及 20 世纪早期的有关中国的档案，这些档案涉及中国学者特别感兴趣的问题有中美商业关系、1844—1868 年中美修约问题、美国人在通商口岸情况、太平天国革命、二次鸦片战争、中法战争、中日甲午之战、戊戌维新、义和团运动、美国门户开放政策、移民问题、传教士问题、新式教育、新式医疗机构问题、1911年辛亥革命、国民政府时期的中美关系、第二次世界大战期间中美关系等等很多有用的资料。

虽然这些档案已经开放，但一方面不可能人人都到该处阅览，而且看胶卷本身并不方便，这是所有学人都明白的事，我能够专门呆上四天已属勉为其难，其他京外学者又何尝能够为了看这些胶卷而长期住京？而且从胶卷上予以复制也不方便，抄录则更费时。因此，最好的办法是将这些胶卷转换成书，予以出版。环顾海内各出版社，近年来热衷于出版珍稀史料，而且不怕印数少，只要能够嘉惠士林，就不惜斥资影印出版的，恐怕广西师范大学出版社当首膺其选。因此我即与该社联系此种可能性，起先还只是建议将纯粹中文部分的中美往来照会先行出版，不料该出版社一听建议，马上行动，不但要出版照会，而且准备将美国政府解密档案中与中国有关的所有档案悉数出版。而且速度很快，2006年底即在美国驻华使馆的帮助下，将美国解密档案中的《中美往来照会集》十九大册予以出版，对学术界是一个重要的贡献。

《中美往来照会集》所载近一万三千件的档案无疑是一个史料宝库，不但对研究中美的政治、外交、经济、军事、文化关系有直接的助益，而且对了解中国国内发生的各种历史事件也有极为重要的参考意义。这些照会的绝大部分至今尚未公刊。只有小部分在相关的档案资料中出现，如一档馆已出版的中国与东南亚关系史料中的菲律宾部分就有相关的中美照会内容。但这只是中美往来照会的冰山一角，因此充分利用这全部十九大册的照会资料，必定会使近现代史研究有一个崭新的面貌。除了上面的例子以外，还可以同样另举一个小的例子补充说明。

西方基督教传教士来华，有许多人学会了中文，能用很流利的官话或方言传教，甚至能用中文写作。我们常常诧异于这些传教士是如何学会中文的。近年来，由于研究的深入，方才比较深入地了解到这些传教士学习中文的实情。这种研究看似小事，却表明了中外语言文化接触的实际过程，是历史研究的一个有意义的新课题。譬如说，第一部华英词典的作者马礼逊，是第一个来华的新教传教士，中文被视为十分了得。但据台湾学者苏精考证，马一生都没有离开过中国人教师，从在伦敦初学中文到在中国去世为止，身边起码有过七位中文教师。其他传教士的情况也大致仿此。但有的传教士厚道，将其与中文教师的关系写了出来，有的却连提都不提。因此类似的史实常常隐晦不清。不过如果我们扩大史料的阅读范围，有时却可看到这类事情的蛛丝马迹。

打开《中美往来照会集》第一册，就有几份与学习中文侧面相关的照会。美国传教士打马字（Rev. John van Nest Talmage）与罗啻（Elihu Doty）是美部会派遣来华的牧师，他们两人都到厦门传教，都懂厦门话。打马字并编纂了不止一部厦门话字典，对于研究厦门方言的历史变迁极富学术价值。我一方面对方言与中国文化的关系感兴趣，另一方面我是厦门人，对厦门方言尤有亲切之感。但我对打马字、罗啻等人如何学习厦门话所知甚少。据伟烈亚力的《来华基督教传教士纪念录》，罗啻是 1836 年在巴达维亚（今印尼雅加达）时就学过一点福建方言，而打马字则不知如何开始学习厦门话。但据道光三十年（1850）十月与十一月的几份美国领事给中方官员的照会，我们可以发现这两名传教士在厦门共同延请了一位读书人叫杨乔年的为教读先生。这位杨乔年只是一名童生，连秀才也还没有考上，也许这样的人工资会较低。但只要这样的人就足够教传教士读书与学厦门话了。大概因为多少赚了点洋人的钱，所以这位教师某天被一名住在厦门局口街（此街今天仍在）的无赖许牛所敲诈。该人到杨家题缘（巧立名目的捐献）不遂，便于十月二十六日晚在局口街聚众殴打杨某致伤。对这一事件，美国领事自然不满，照会厦门地方官要行使治外法权，惩治许牛，而且要与有关官员会面。结果是厦门官员借口生病不见，后来又借口许牛逃遁，到后来事情闹到厦防厅顶头上司兴泉永道，美领事威胁要上告美国驻华使节，才迫使兴泉永道指斥厦防厅的失职，终于将许牛拘捕归案，并答复美方将进行审讯。美方档案有关此事照会至此结束。不知一档馆还有后续照会存档没有，只能以待将来。但从这几件照会已足以看出当时中美之间的基本关系，同时对打马字与罗啻两人在厦门学习中文与厦门话有基本的认识。至于杨乔年与许牛事件的曲直倒还在其次，也许还有其他隐情不为我们所知也不一定。

以上所举两例虽然小，但却有一个共同点，那就是其唯一性，也就是说，除了在档案里，你找不到这样的资料，这就充分说明这部近一万页的《中美往来照会集》对于历史真相的复原有重要的作用。历史是由史料编织而成的，这部照会集当然不是什么学术性与思想性兼长的著作，而是一部表面看起来干巴巴的资料库，有的只是无情的史料，冷冰冰的文件，程式化的叙事，但是透过这些貌似索然无味的文字，你将看到一段汹涌澎湃的历史，一段许多人在过去一百多年来想要予以阐释清楚的历史。史学就是史料学的口号虽然遭到许多人的批评，却在很长的一段时间里，对中国历史学的发展起了不可磨灭的推动作用。因为所有的人都明白这只是一矫枉过正的口号，其所纠正的是束书不观、以论代史的恶劣作风。无论什么时候，史料都是史学发展的前提。我相信，这套《中美往来照会集》以及已经出版和将要出版的美国驻华各领事馆报告集会对中国近代史与中外关系史、中美关系史的研究产生巨大的推动作用。而且这批档案的公刊也是中美两国在文化领域合作成功的一个范例，期望藉此能更进一步推动中美文化合作的新发展。与此同时，笔者还有一个更大的奢望，那就是在中美之外的其他中英、中法、中日以及中国与其他所有国家关系档案的公开与出版，以促使中国晚清史、中国近现代史以及中外关系史的面貌的全面更新。

民间信仰与国家宗教关系的探索
——《祭祀政策与民间信仰变迁》

  在我国，民间信仰的性质介乎宗教与风俗之间。当着某种民间信仰还只是具有纯粹的民间——或曰庶民——性质，而且仅限于在局部地区流行时，与风俗的其他形式没有根本性的差异，完全可视作风俗的一部分。中国的地方志里风俗部分经常提到各种民间信仰，至今各地所编纂的风俗志里也包涵了民间信仰的内容都是有其道理的。但是当某种民间信仰具有全民的性质，而且信仰范围扩大到相当的地域范围时，就有可能向国家宗教转化。因此，在民间信仰与国家宗教之间并没有不可逾越的鸿沟。学术界对民间信仰是否只是庶民的信仰，历来是有争议的，而在中国这一点其实没有什么可争。中国的民间信仰与国家宗教并没有绝对的鸿沟，前者完全可以向后者转化。

进一步而言，民间信仰向国家宗教转化的关键在于政治权力的承认，得到承认的则成为正祀，列入国家祭典，如果得不到承认，那么就有可能成为淫祀而被毁弃。在这种情况下，民间信仰为了保证自己的长期存在，就必须考虑如何迎合适应官方的需要——这种需要往往与教化相关，即弱化荒诞不经的内涵，提高正统化的神性——往往还要符合占统治地位的儒家思想，并且扩展信仰地域，影响多量信众，以争取编入国家宗教的行列。不过官方的需要也并非一成不变，尽管儒家思想占上风，但有时也会因统治者的个人好恶而有其他偏向，这时民间信仰也要随之沉浮，才有存在的可能。

二十多年前，我写作《秦汉宗教地理略说》的时候，开始注意到先秦秦汉时期民间信仰向国家宗教转化的问题。从《史记·封禅书》与《汉书》的《郊祀志》、《地理志》的记载可以看到这一转化过程的基本面貌，我在上述拙文中就初步分析了这样的过程。而类似的转化过程在中国历史上一直延续下来，只是具体方式有所不同而已。我们在朱海滨这本《祭祀政策与民间信仰变迁》里就可以看到，到了宋代，国家对民间信仰采取怎样的具体政策予以处理：一方面是用加封赐额的方式将民间信仰纳入国家宗教的范畴，另一方面则是将不合政治需要的民间信仰归入淫祠而严令毁弃。而到明清两代，儒家的祭祀原理一方面对国家的宗教政策产生了影响，另一方面这种影响有时又有名无实，在这种情况下，民间信仰和国家宗教的关系出现了与前一时期不同的面貌。

海滨用以说明上述结论的实例全部来自浙江，虽然在地域上相对集中，却使之能有足够的研究深度，从而加强了分析论证的力度。如对关羽信仰的提升过程，论者皆不得其详，海滨运用他所掌握的资料，大胆断定北宋末年以前关羽神灵不过是一位影响较大的地方神而已，后来由于道教的推动，其信仰才开始在浙江等地出现。到了明代，才确立了全国神的地位。这一变化的背景就在于关羽信仰完全符合明代"原理主义"祭祀政策的要求。入清后，满人政权为了从文化方面支配汉族，基本上沿袭了明朝的祭祀政策。雍正年间进一步整备了全国统一的关羽祭祀制度，更使关羽神上升到与文圣孔子并列的武圣的高度。对于地方祭祀主动适应国家宗教政策而提升地位的例子，海滨则以周雄信仰的变迁予以说明。详细揭露地方人士如何通过故事的编造，使一介普通的甚至有点狭邪的五通神改造为符合儒家价值观的神祇，从而挤入官方的祭典，成为国家宗教的一部分。第三个例子是胡则，这是一个真实人物，但却被赋予许多并不真实的故事，而由僧侣的推波助澜成为官方所认可的神祇。海滨虽然用的是浙江的例子，但解决的却是全国性的问题，因为这些例子具有普遍性的意义。

海滨学历史地理专业出身，对地理因素于民间信仰的影响，自然萦绕在心，本书第四章论述的就是浙江地理环境与民间信仰之间的关系。中国地域辽阔，历史悠久，自然现象与人文现象极其丰富，为民间信仰的层出不穷与不断更新提供了有利的基础，因而创造了极为丰富多彩的民间信仰形态。根据区位、地貌及开发过程，浙江省历来被分为杭嘉湖宁绍、金衢严与台温处三个区域，不同区域内部的民间信仰各有其浓郁的地域特色。这种情况其实与民俗是相对应的，而与宗教的形态不同。世界性的宗教除了起源与地理环境存在一定关系外，其传播过程与表现形态与自然环境关系并不大。因此对民间信仰的理解与分析不能忽视地理背景。

从全书看来，海滨比较娴熟地使用了历史学、地理学与人类学的方法，同时又充分注意到政治因素在民间信仰变迁中所起的作用，这是对中国特色的重视。相对而言，许多研究者在讨论民间信仰时常常注重于社会经济因素，而忽视政治因素的分量，这是很遗憾的。在中国历史上所体现出来的政教关系，都是政在教之上，尽管有时宗教很兴盛，但都在朝廷的控制之下，一旦出现有危及国家社会安全的情况，就会立即采取安定措施，甚至不惜采用如三武灭佛一类的极端举措。国家不但于宗教如此，对民间信仰也要严加控制，以防对社会的安定产生负面影响。不合适的淫祠要毁弃，受到批准的信仰要接受政府的管理，以使政在教之上的传统不受影响。这一重要的特点，许多人没有注意到，以致出现一些错误的认识，以为宗教信仰可以脱离政治而自行其是，其实这是完全不合中国传统的。

民间信仰的研究看来似乎是小道，但其实是大事，在中国尤其如此。中国的宗教意识不发达，始终没有产生一神教，唯一的全国性宗教——道教，也是在佛教的刺激下产生的。但中国并非没有信仰，尤其是对形形色色鬼神的信仰以及祖先崇拜，实在是文化研究中的一个值得注意的现象。尽管中国因为儒家思想在长时期里占据了重要地位，因而表面上是重人伦而轻宗教，但实际上作为民间信仰的神鬼巫崇拜一刻也没有中断过。非佛非道的妈祖在海峡两岸甚至成为最重要的信仰对象，至今依然兴盛，供奉妈祖的天妃宫在旧时甚至作为各省福建会馆的代称，说明民间信仰在中国是宗教风俗之际的重要的研究对象，锲而不舍且暮以之，必定会有出色的收获。

朱海滨曾经从我攻读博士学位，他的博士论文是浙江文化地理研究，其中已包含对民间信仰的研究。后来他又东渡日本，在著名学者滨岛敦俊先生的指导下专门对民间信仰进行了深入的探讨，终于在这一领域又取得了一个博士学位。从而在这一基础上写出了这部有分量的著作。我于民间信仰极有兴趣，曾经奢望将历代所有被清理的淫祠进行一番钩稽，以理解民间信仰的基本内涵，但心有余而力不足，始终未能着手。我期望朱海滨能以此书为开端，将民间信仰的研究持续进行下去，对中国历史上的民间信仰从基础上作一番清理，以从整体上发现民间信仰发展演变的基本脉络，并注意其时代的差异与地域上的差异，从纷纭多变的民间信仰中理出一定的变化规律来。

一度作为先行学科的地理学

——序《晚清西方地理学在中国》

二十世纪，由于语言学的发展，若干认知模式和方法论导致了其他学科，例如哲学、人类学、文学等等的转向，以至有 linguistic turn（语言学引起的转向或语言学导向）这样的术语产生。这一术语生动地说明了语言学在本世纪一度出现过的先行学科的作用。地理学在今天显然不是先行的学科，对其他学科也没有产生像语言学那样的导向作用。但是有两点值得注意，一是在西方，地理学曾被看作是"科学之母"，许多学科都从其中分离出来；二是在西学东渐的过程中，地理学科对于中国起着某种意义上的先行学科的作用。先进的中国人，就是从认识世界地理开始，才打破了传统的中国与四夷的天下秩序的旧观念，接受万国并存的世界意识，进而充分理解到自身的缺陷，产生向西方学习的念头，出现各种变革的观念，引起了延续一个多世纪的思想革命历程。

早在明清之际，接踵而来的耶稣会士就给中国士大夫带来了关于世界地理的最新知识。利玛窦的《万国坤舆全图》与艾儒略《职方外纪》等图书在传教士的著作中占有最重要的分量。当天朝大国的臣民发现这个大国只不过占据地球一小部分的时候，可以想象他们所受到的震撼有多大。我很怀疑，单单这一点就足以使某些人放弃旧有的信仰，而皈依基督教的营垒。虽然与耶稣会士接触的大部分士大夫保持了原有的信仰，但这种震撼显然让他们感受到西方学术的先进性，进而使他们的思想发生深刻的变化。问题是出现这种变化的范围还很小，由于中国对传教采取的严格限制，能够了解到西方地理学成就的中国知识精英并不多，至于一般人更是未受影响地保留原有的传统观念。对中国知识分子普遍产生影响的西方地理学知识主要是在十九世纪传播开来的。这个世纪无论对西方地理学还是在中国历史发展进程上都具有特殊的意义。

十七世纪末，在西方，自然科学的诸多学科都分别脱离自然哲学而另立门户。到了十九世纪，各人文学科包括地理学（地理学兼有自然与人文两个领域）和历史学也同样自成体系。对于西方地理学而言，十九世纪更有特殊意义，因为这一世纪不但是古典地理学与新地理学的交替时期，而且也是西方大学正式将地理学作为大学课程的开始。而对中国来说，十九世纪意味着康乾盛世的全面过气，社会衰落腐败的征兆到处冒头，思想敏锐的精英们已在酝酿一种改革的思潮，这种思潮因为中国在鸦片战争中的失败而更加强烈。而在这个当口，西方的基督教传教士再次叩击中国的大门，将基督教义与自然科学、人文科学知识一起输入中国。这次进入中国的是主要是新教传教士，在十九世纪上半叶，他们还只是在中国外围及沿海地区施加影响，而在四十年代以后则是偕枪炮俱来，公然而且正式，因此影响的广度与深度大大超过明清之际的耶稣会士。到了二十世纪初，由于留日学生大量地理学译著的行世，西方地理学的传播又出现另外一个高潮。

邹振环这本《晚清西方地理学在中国》，正是向我们展示了1815—1911 年间西方地理学在中国的传播过程与影响程度。也许就一般的认识而言，不大会感觉到地理学的传播于近代学术思想有若何重要的作用，但我们只要举一个简单的例子，或许就可以说明这种作用的力度。1890 年，梁启超说自己入京参加会试之后，归途经由上海，"从坊间购得《瀛环志略》读之，始知有五大洲各国。"《瀛环志略》是中国学者在西方地理学直接影响下的产物，而此时去《志略》之出版已四十二年矣。换句话说，在鸦片战争之后近半个世纪里，已经是举人的梁启超还以为世界就是中国，中国就是世界，竟不知五大洲为何物。那么一般人对世界地理的认识可想而知。而梁启超正是在知道了五大洲以后，才进一步了解到中国凡百不如西方，如不维新即无出路。

世界地理知识在今天真是普通极了的东西，但在一百五十年前却完全两样。中国因为闭关自守，从来只有天下的意识，并不知天下之外还有世界这个概念。所谓天下就是以中原王朝为中心，加上四夷的地域范围。鸦片战争爆发时，朝野上下都不知道敌手英吉利是何方土地，后来才晓得是七万里以外一个面积只相当于台湾、海南二岛的蕞尔小夷。这一来激起了一些思想先进的官员认识世界的强烈欲望，先是林则徐请人将西洋人所著的《地理大全》翻译为《四洲志》，但这本书从未刊刻过，一般人无由读到。后来林则徐又请当时的名士魏源，以此书为基础编辑《海国图志》，后来又有上面提到的徐继畬《瀛环志略》问世。这两部经典式的世界地理著作的产生，表明了先进的中国人的一个基本思路：如果对西方的存在尚且不知，又从何了解其底细，以采取对策？

西方传教士也深刻理解到这种作用，所以在他们所办的中文杂志上，地理知识的传播是头等重要的内容。郭实腊在筹办《东西洋考每月统计传》时，就宣布了其宗旨。郭实腊编纂这样一份杂志，其目的十分明显，是要传西学入中国，表明西方文化是与东方文化并存于世的两大文化，而不是如中国人所想像的是蛮夷之邦。而这样做的最终目的，便是以此来开化中国人，使之不致影响到在华的外国人的利益。他在出刊前的一个多月就曾写过一份出刊缘起，明白无误地说："虽然我们与他们（指中国人）长久交往，他们仍自称为天下诸民族之首尊，并视所有民族为蛮夷。如此妄自尊大，严重影响到广州的外国居民的利益，以及他们与中国人的交往。……（本月刊的）出版是为了使中国人知道我们的技艺、科学和准则。它将不谈政治，避免就任何主题以尖锐言词触怒他们。可有较妙的方法表达，我们确实不是蛮夷，编者偏向于用展示事实的手法使中国人相信，他们仍有许多东西要学。"

但是要让中国人知道西方文化，首先就要让中国人懂得外国历史与地理。因此毫无例外，从 1815 年传教士所编辑的第一份中文杂志《察世俗每月统记传》起，就以地理知识为主要内容。而这个杂志的创刊年份就是邹振环此书研究的时间起点，这是有标志意义的。

从学科性质方面说来，地理学恐怕是唯一的一门跨越自然与人文科学两大领域的特殊学科，有一个庞大的知识体系和一整套专门的名词术语，这些知识与术语绝大多数都是中国传统文化所不具备，因此全面研究西方地理学的传播和影响是一个很大的课题，不可能在一本著作里得到圆满的解决。本书于是以地理学的译著为中心而展开，这样的角度显然使读者更直观地理解传播的过程与影响的深度。但即使是以地理学译著为中心，也仍然面临着文献资料数量庞大，蒐集不易，整理费时的困难。尤其是读者在本书中可以看到，作者所做的是一种穷尽式的研究，几乎将一百年间的所有地理学译著一网打尽，其中大部分文献并非经典性著作，只是一般的笔记、文集，有些甚至只是用完即弃的教科书，存世极其稀少，至于某些译著如《美理哥合省国志略》之类，更是罕见之物，而全书即此一端，已可见作者用心之专，用力之勤。好在邹振环历来长于发掘史料，善于利用不被当成史料的文献，所以能见人所不能见，对西方地理学的传播过程与影响作出有坚实根据的论述与判断。

虽然本书是邹振环在其博士论文基础上修订而成，但与大多数博士论文都是该博士的处女作这一普遍情况不同，这篇论文并不是邹振环的第一本著作。在此之前，邹振环在出版史、翻译史方面的研究已经有相当丰厚的积累，除了数量颇丰的论文以外，还出版有《影响中国近代社会的一百种译作》与《江苏翻译出版史略》这样有分量的著作。由于有这样的基础，所以在攻读在职博士期间，尽管还有繁重的教学任务，他依然能游刃有余地写下这部二十来万字，而且几乎是字字有来历的厚重的著作。读者可以从本书看到西方地理学知识在明清之际以及晚清是如何由微而著，由点滴而全面地在中国传播开来的全过程，也同时看到这种传播所产生的直接与间接的影响及其在中国文化史上的意义。

本来，在中国古代学术史上，地理学一直是历史学的附庸，到了晚明，因为徐霞客和王士性的两大著作，即《徐霞客游记》与《广志绎》的行世，才使地理学脱离附庸地位而独立。这是中国自身学术发展而形成的必然结果。但在世界地理知识方面，中国当时仍然停留在天下四夷观的层面上，因此在明清之际与晚清时期，世界地理知识的引进，就似乎使历史与地理的关系颠倒过来，是靠西方地理来引路，才进而了解西方的历史，才走出天下而进入世界。当然西方地理学并不只有地理大发现以后产生的世界意识，更值得注意的是，晚清时期所说的地理学实际上囊括了今天所说的整个地学领域，自然地理学的全部内容以及地质学都包括在内，甚至连生物学也往往涵泳其中。而所有这些内容是西方近代科学的组成部分，除了个别先行者的个别著作外，在中国的传统学问中都几乎是不存在的。所以这两个时期地理学的传播情况变成是中西文化接触的重要与前沿的问题。因此从这一方面来看，本书所揭示的内容就不仅是一般意义上的中外文化交流史的课题，而且是具有学术史与思想史内涵的研究。

本书还有一章必须作为重点提出，这就是第四章"晚清地理学文献中西方自然地理学新词"。这是以往同类著作中少见的发明。在中外文化交流过程中，制度名物以及意识观念的输入，有赖于新词语的创造，或者说，是以语言接触为前提的。许多中国学术史、科学史上所没有的新概念如何表达是一个很大的难题。这一方面研究本身是另一个课题的范围，不能在这本书里解决，但极为难得的是邹振环花了很大力气，将自然地理方面的新词一个一个从文献中摘出，找出其最早出现的地方，以探索这些新概念到底在何时进入中国。这不但是一个难度很大的工作，也是一个很冒险的事，因为做学问的最大难处之一就是说有易，说无难。因此不能保证这些新词首次出现的地方绝对无误，但这样的工作显然为科学史与学术史做了极其有用的基础工作，是应该表彰的一种研究态度。现在，在国际学术界已有不少机构（主要是在大学）将中国近现代学术用语的形成当成自己的研究对象，相信在本国，这一研究也会引起越来越多的注意。当然，我同时也相信邹振环此书的出版将会与他的其他著作，如《影响中国近代社会的一百种译作》一样，成为有关学者案头必备的参考书籍，而且将会对学术史的发展起着明显的推动作用。

二十世纪考据文章的代表性总结

——评《二十世纪中国文史考据文录》

　　大十六开，2000多页，上下两大巨册的《二十世纪中国文史考据文录》摆在书案上，真有点震撼力。这样的开本，这样的篇幅，多半令人联想到是一部大型艺术图集，然而却不是。花这么大力气，下这么大功夫，所编辑的是过去一百年中有代表性的百数十篇考据性的文章，即使就事论事也是一个不寻常的举动。20世纪过去，学术界进行大盘点，各个学术门类，各种研究方向都有世纪性的总结。回首前贤的成绩，检点吾辈的不足，这些总结无疑对于新世纪的学术发展起着不可忽视的推动作用。只是这部《考据文录》有些特别，不是某一学科的成绩的总结，而是一种研究方法的代表性回顾，如果倒退两个世纪，则可以说是一种学派或一种学风的总结。

十八世纪大半以及十八十九世纪之交，也就是清乾隆嘉庆时代，几乎无人不以考据（或曰考证、考核、考订）为做学问的第一要义。其时的大学者戴震将学问分为三途，即词章、义理、考证。他虽视义理为三者中之最高境界，比喻考证是抬轿子的，而义理则是坐轿子的，但在当时风气的笼罩下，他的最重要的义理著作《孟子字义疏证》也还是冠上了一个考证式的书名。他的另外两篇义理著作《原善》、《论性》，当时的一些著名学者则以为"可以不作"。乾嘉时期之所以重考证，原因比较复杂，但也许有两点应该注意：在内部而言，恐怕是学术的发展理路使然，明代王学末流的束书不观，游谈无根已为人所厌倦，于是汉学旗帜高扬，而宋学几于为人唾弃；在外部而言，是自秦代已经肇其端的文化专制主义加上异族统治的高压政策，只准知识分子规规矩矩，不许他们乱说乱动。在綦严的文网之下，不容学者有自由发挥的思想，只适宜做经学（包括小学）、史学（包括地理学）等方面的考证。

考证本身并非一门学问。章学诚说得对："天下但有学问家数，考据者，乃学问所有事，本无考据家。"我们有时说考据家、考证学，只是便宜的说法。考证是为了求真，因此与传统小学及史学关系特别密切（即使文学的考证也多偏于史实方面）。中国的史学历来受重视，其重要性可以说是独步于世界。而且历史学家多有司马迁"究天人之际，通古今之变，成一家之言"的梦想。也就是不但止于编纂历史，考证历史，还要解释历史，往今天所谓历史哲学方面发展，更进一步，甚至还要将史学作为经世致用的工具，须得如此，方才配称为史学，至于"整辑排比，谓之史纂；参互搜讨，谓之史考；皆非史学"。

因此历代以来，虽不断有订正史实的学者出现，但没有哪一朝代的史学家有清代那样彻底求真的精神，要把两千年来的历史文献作一个彻底的清算，先不去成一家之言，而是先检点我们日常诵读的历史文献本身是否可靠，其内在的记载矛盾之处是否可以化解，这是很难得的。钱大昕、赵翼、王鸣盛等人想要做的都是这样的工作。只是此事不是人人可为，只有一个钱大昕是称得上既淹博又精审，将千百年来无人能发其覆的历史疑难，翻了个遍，使廿二史因此能够读得下去，许多历史事实因而得到明白。当然钱所作皆是难事，皆是关键，其他小事，其他非关键之处的史实错误，也有其他学者看出破绽，有所订正。

晚清以来，学风又有大转变，义理大占上风。道咸以降，一方面是烦琐考证使实学又蹈虚凌空，有的考证家，只热衷于饾饤小事的考实，全然不顾这样的考证不但于经世无用，而且亦于学术无补，使人觉得厌烦。另一方面是国家趋于衰败，定于一尊的思想发生动摇，自改革思潮与其他在外来学说的影响下产生的新思想活跃异常。此时义理明显占据在考证的上风。但是二十世纪以来，考证风气又渐渐强化，以王国维为代表的考证家，在史学与小学方面，尤其成绩斐然。有学者以为，"二十世纪上半叶的中国史学，是以乾嘉考证学和西方兰克以后历史主义的汇流为其最显著的特色。"（余英时《论戴震与章学诚》，280页）这基本上是正确的。胡适的"拿证据来"，及"有一分证据说一分话"，以至于傅斯年的史料即史学，"动手动脚找东西"的主张都不能不说是历史主义的显著表现。

这一时期，被人称为有考据癖的胡适，虽然本身未有惊人的考证成果问世，而且如《水经注》赵戴公案的考证白费了他十年的功夫，还是搞错。但他的大功劳即在不遗余力地提倡考证，提倡于不疑处有疑，视其为达到真理之手段，显然是西方科学精神的直接影响。不但人文学者这样看，即其时之科学家也把考证当成是科学的手段，如1914年留美化学家，中国科学社的创始人任鸿隽就说："故所谓科学者，决不能视为奇巧淫技或艺成而下之事，而与吾东方人之用考据方法研究经史无殊，特其取材不同，鹄的各异，故其结果遂为南北寒燠之互异耳。"他在这里是要提高科学的地位，而以什么做比较呢，以当时被视为正经学问之考证作映衬，足见其时考证方法在社会上地位之高。抑有进者，如果对某些专门的学术门类而言，整个二十世纪都可以说是考证方法当家，例如历史地理学及其前身沿革地理学就是典型的例证，这是在二十世纪学术界中取得显著成就的一个学科，其研究成果几乎无处不存在考证的功绩。至于音韵学、文字学方面也都有类似的现象。学术界所谓海派京派之分，也与考证有点关系，京派就被认为是重考证的。甚至日本的东京学派与京都学派之畛域，亦未尝与重视考证与否无关。在西方汉学界，在二十世纪早期，法国的马伯乐与鄂卢梭争辩秦汉时期象郡的置废年代与领域范围时，也都用的是与中国学者无大差别的考证方法。

考证学在二十世纪既有如此重要的地位，就体现了编辑出版这部《二十世纪中国文史考据文录》的意义所在，通过从世纪初到世纪末的百数十人的考据文章，让我们大体看到一百年间考证方法的应用与发展过程，是人文学科方面一项必不可少的世纪总结。不但如此，这部《文录》还有其第二层的意义，那就是有助于理解诸如考证的地位如何，今后考证学还有没有必要存在，考证是否过时了一类问题。二十世纪下半叶的学术发展路数，以史学而言，似乎有点弃考证如敝屣了。这并不奇怪，还在乾隆时代，戴震就曾比喻考证是抬轿子的，而义理则是坐轿子的，两者在他心目中的地位高下昭然若揭。而近半个世纪以来，无论在海外，还是在国内，考证都多少有点被看成是冬烘之行为。时人著文多以建立理论体系为时尚，竟以总结历史规律为摩登，并以预测未来为最终目的。在这种情况下，长于考证的史学家被视为劳作型学者而受到轻视。

其实这也不是什么新思路。前文已经说过，在中国史学界，自古以来就有人是以章学诚所定义的"史学"为己任的。然而司马迁虽想成一家之言，但他的《史记》依然是信史，尽管其中夹有不少的文学成份。后来之追求"成一家之言"者，却往往会有有意无意地忽略或不顾某些历史事实的毛病，以便证成自己的理论，外国的历史哲学家们也有同样的缺陷。所以早在乾嘉时代，章学诚就已指出，义理与考证各有其长，不可以以义理来菲薄考证："高明者，多独断之学；沉潜者，尚考索之功。天下之学术，不能不具此二途，譬犹日昼而月夜，暑夏而寒冬，以之推代而成岁功，则有相需之益；以之自封而立畛域，则有两伤之弊。"对于二者之间的关系历来是争论的热门，二十世纪中，虽然也有人提出应该提倡"论从史出"，但实际上做起来却是"以论带史"甚至是"以论代史"，在史无前例的时代则更发展为"影射史学"。但是只要文史之学还要向前发展，考证之道恐怕就不会消亡。经学当然是已经死去的学问，但是史学与由传统的小学发展而来的语言文字学是要继续光大下去的，是要走向现代化的。只要这些学问的目的是在求真，考证的方法和手段就还将继续使用下去。

即从西洋人近期的研究里我们也可以注意到考证的重要。例如在《剑桥中国秦汉史》里，为了说明西汉的政治形势的变化，就画出了包括吴楚七国叛乱在内的几幅不同时代的政治地图，这些地图如果不是用考证的手段，又是用什么方法得来的呢？问题在于这种历史地理的考证是非常专门的学问，也并非人人能做，所以这些地图除一幅以外都是错的，对的那一幅是因为取自谭其骧先生主编的《中国历史地图集》。虽然考证有错，但该书作者的考证意图却是对头的。这证明了史学的研究即使在将来也离不开考证手段，即使你因为考证这个词过于陈旧，用其他说法代替，但实质还是一样，是要求得事物的真相。

而且实际上，就是考证手段本身也在不断地提高与改进。由于自然科学发展的影响，由于逻辑推理思维的发达，过去只能依靠文献的排比与参照来考证的方法，可以发展到依据严重缺佚的史料的仍然可以推断出事物发展的唯一可能性来。同时现代技术的应用，也许能将过去理论上虽能解决，而实际上无法操作的过程容易地解决。举一个例子而言，唐代州县一级的政区地理变迁从已知的史料来看，照理可以考证出来，但实际上做不出，因为技术上有问题。现在因为电脑程序的发展，这项研究已不成问题，韩国有一位学者就解决了这一难点。从这个意义上《考据文录》就不但是总结，而且有了参考的价值。这一点从《文录》压后的一些文章中可以看出来，在推理方面类似于数学归纳法与多元方程联立思路帮助解决了乾嘉时代甚至民国初年以来未能解决的一些难题。

当然《文录》的编辑也有缺陷，因为每人只选一篇，强者不能显其全貌，弱者亦占一席之地，等于兔子与狮子各有一票。再则是编者自己已经提到的，因担心训诂考证文章过于专门，有的读者看不懂，许多重要文章未入选。此话貌虽有理，但未免看低了读者。即使长篇大论的不选，如汪荣宝《论歌戈鱼虞模古读》一文的重要性远超过一本专著，且读起来也不算太难，应该选入，而且所占篇幅亦极其有限。三是有个别文章不大算是考证，充其量只能是严耕望所谓述证，即排比事实以看出理路，这与解决无头公案或化解文献记载矛盾者的功力不能同日而语。不过这些缺陷倒也是无可如何的事，任何人来做编辑，都避免不了。总而言之，在廿一世纪之初能有这样一部大部头的考据学的总结出来，不能不说是学术界的一个成绩，也表现了云南人民出版社的一种气概。

《中国来信》：一本特别的译著

　　最近大象出版社西方早期汉学译丛出了一本新书，题目是
《中国来信》。这是一本比较特殊的书，除了拉丁文版与捷克文版
以外，第三种版本就是中文版。如果没有中国的波希米亚学家为
我们作翻译，相信国人很少能看懂一位名叫严嘉乐的耶稣会士，
在清朝康熙雍正之际，从中国寄回他的祖国捷克以及巴黎等地的
信件的。这些信并不多，寄到捷克的只有八封，寄到巴黎等地的
也只有九封，加上其他人写给严嘉乐的，总共也只有二十三封
信。因此全书篇幅不大，但分量却很重。分量重，一是因为它是
难得的中文版，二是信的内容反映了十八世纪前叶中国宫廷与社
会的部分面貌，很有历史价值。

　　从晚明到清中期，有数百名耶稣会士来到中国，他们除了有

各方面的著作以外，还从中国寄回去大量的函件，对中国的面貌作了相当详尽的描述，因而对当时欧洲认识中国起了极其重要的作用。由于来华耶稣会士都有一技之长，因此受到中国朝廷的看重。尤其是清代康熙皇帝个人对自然科学的热爱，使得耶稣会士在天文、数学、物理及音乐、绘画等相关领域大有作为。雍正乾隆时期虽然由于礼仪之争而厉行禁止天主教的传播，但朝廷对耶稣会士才能的利用一直没有中止。因此从耶稣传教士身上所体现出来的不只是简单的宗教问题，而是体现了中西文化交流与冲突的实质。异质文化之间如何融合与交汇，不是容易解决的。从耶稣会士的著作与信件中，我们可以看出不同文化之间发生碰撞的情形，所以这些信件都弥足珍贵。

就在严嘉乐这些信里，我们看到了，耶稣会士是如何遵守中国风俗礼仪，既换了中国服装，又理了中国发式，还完全按照三跪九叩首的仪式晋见皇帝（到乾隆晚年，来华的英国使节马戛尔尼就不肯行此大礼了），而且与皇帝在交谈时也依然要跪着，完全与中国臣民没有区别。同时也发现当时的不少传教士对中国文化的成就感到衷心的佩服，严嘉乐就驳斥了一些人认为中国天文学不行的论调。严在天文学与音乐方面都有特别的天赋，因此能对中国观察天象的结论进行详细的分析，这是别人所不及的。他能演奏羽管键琴，则是受到中国皇帝青睐的一个重要原因。在绘制地图方面，严也很有才能，所以他在给别人的信中，也附上了他的地图作品。信中所附的几幅北京地图，简明清楚，至今还有参考意义。

在跨越语言障碍方面，严嘉乐也做得很出色。他甚至认为中国语言并不难，在第二封信里他说："汉语的语音使世界各国的人都感到十分困难，惟独对捷克人或波兰人却一点也不难。……我亲身的经验和中国人的首肯也证实了这一点——这些中国人发的音我很快都能听懂并且能模仿他们说的字句。"这是很有意思的现象，可以作为语言接触方面的参考。不过即使严嘉乐认为汉语不难，但实际上中外交流在语言方面还时不时要出些问题，1727年年初某日，严与其他人一起被雍正皇帝召进宫，皇帝想要他们对黄河清发表意见，因为在中国，"黄河清，圣人出"，是一件大祥瑞的事。但传教士们不知道这个背景，将"清"字听成"星"字，以为皇帝想谈天上星座的事，结果把皇帝"提的问题搞得一塌糊涂。比黄土把黄河的水搅混有过之无不及。"又可见语言接触之困难，真是极生动的例子。而且即使严嘉乐汉语学得不错，但汉字恐怕还是不行，所以他的一封信的附表里的中文字，是请他的仆人写的，特意注明那个仆人的字不好。

本书的捷克文版编译者与中文版译者都花了很大的力气，没有他们的努力，我们只好对着原文发呆，假如我们还看得到原文的话。本书的翻译，语言流畅，读起来很顺当。不过翻译是一件大事，信达雅中，信是头一条，因此在翻译与注释时千万不要随意以为原件有误而任意加以改正。如第二封信捷克文版的编注者也许就犯了一个小错误也不一定。严嘉乐的原名是 Karel Slavicek。中文名"嘉乐"就是 Karel 的谐音。当严嘉乐取好了中文名字后，很是得意，在信中特意将其用拉丁字母拼写出来，其中"严"字拼写为 nien，捷克文版编者以为这是严嘉乐搞错了，于是按"严"字的现在读音改了过来，中文译者又将其改成汉语拼音 yan。这种改法有点轻率，因为严嘉乐正是特意要将自己的中文名字告诉朋友，因此他自己写的拼音不大可能错。虽然"严"字现在读音是 yan，但怎么能肯定十八世纪初也一定读这个音呢？汉字的形不变，不一定表示音也不变。而且"严"字当时就很可能读 nien，因为直到今天，在中国北方方言中还有些地方将零声母字或半声母字加上一个 n- 来发音，如"熬"读 nao，"爱"读 nai，"安"读 nan，所以"严"在当时读成 nien 的可能性很大，不可轻易说它错。进一步而言，这样的例子如果积累多了，甚至还可以作为我们研究当时汉字读音的根据。

另外，严格地说，严嘉乐应该说是摩拉维亚而不是捷克的传教士，因为当时捷克国家尚未出现。所以上文所说的"惟独对捷克人或波兰人却一点也不难"中的捷克人也是权宜之译。今天我们说起晚明至清中期来华的天主教传教士的国籍时，都是以现代欧洲国家为说，如讲南怀仁是比利时人，也是权宜的说法，因为比利时要到十九世纪才立国。这一点是必须要注意到的。还有，来华外国人以及汉学家一般都有中文名，有时与其原名有些对应，有时却毫无关系，必须要注意。同时还要注意不同文字中的人名的译法，如书中一个注释提到《四书》的英文典范读本，是1865年由詹姆斯·雷奇翻译的。这个詹姆斯·雷奇其实就是英国人理雅各（James Legge）。

严嘉乐寄回欧洲的信当然不止这些，但目前能看到的只有这一些，很可宝贵。天主教传教士的信件也是著作的另一种形式，所以如果有识有能者对欧洲已经出版的所有传教士信件进行翻译与研究，必将对中西文化交流史研究大有裨益。这一工作难度当然很大，但意义更大，我们期望有一天，能读到所有这些信件的中文版。当然如果能再附上原信的影印件则更是锦上添花了。

存史是地方志最重要的功能
——读《晋江市志》

　　过去常说地方志有三个功用，即资治、教化与存史。存史
以今日的通俗语言来讲，大约可称之为资料性。我以为这个功用
是方志最基本最重要的功用，因为地方志如果没有丰富有用，而
且在其他书里查不到的资料，恐怕是不大会有人去翻它的，那么
其他两个功用也就流为空谈了。曾经有过这样一个小故事：唐朝
的韦陟，被分配到某地去当官，行前向皇帝告辞，皇帝跟他聊到
该地的一些民情风俗，韦陟大吃一惊，心想自己对那里的情况还
毫无所知，皇帝深居宫中，又何由知晓呢？回家后与同僚谈起此
事，感叹不已。哪知同僚无动于衷，淡淡地说，皇上事先是读了
处分语的啊。这处分语大概就是后来方志的前身，各地都有，以
备朝廷了解掌握各地的情形，所以皇帝可以以此蒙人，其重要自

不待言。

　　旧中国在历史上至少编纂过八千部以上的地方志，对于研究文化研究历史的学者来说是一笔无可替代的财富。宋元方志由于去今已远，保留了许多同时代历史文献所无的宝贵资料，向来为学者所重，这是众所周知的事。即如明清时期的方志，也同样被大量利用，尤其是研究明清经济史的著作，更是以方志为其基本史料。因此对于新编地方志来说，我以为最重要的也还是其资料性，能不能有参考价值，能不能留存下去，成为要了解各地情况的必备案头书，首先就看其是否包容有丰富可信的资料。以这一点来衡量刚刚出版的《晋江市志》，我觉得是够得上存史的标准的。

　　晋江从唐代作为泉州的附郭县始置起，至今已将近一千三百年了。泉州历来是闽南第一重镇，晋江地位的重要始终引人注目。但奇怪的是现存旧志竟然只有乾隆与道光两部县志而已。这后一部县志还一直以稿本形式存世，直到不久以前才由晋江县予以刊行。初时以为也许是泉州府志包括了晋江的内容，所以晋江志的修纂才不被重视，结果一查，即连泉州府志也仅有明万历与清乾隆两部，这是与泉州、晋江的历史地位远远不相称的。晋江、泉州以至整个闽南地区在国史上有其特殊重要的地位，这个特殊不是别的，就是保留了中国古代文化的部分面貌。中国古代文化随着时间的推移，其面貌已经大为改观，除了在文献上，我们很难在现实生活中发现古人的生活方式。但是闽南由于僻处海隅，却把古老生活方式部分保留下来了，活生生地体现在风俗与方言两方面。古人云：礼失求诸野。古代晋江、泉州以至整个闽南地区正处于野的地位，因此在文化史上的重要不言而喻。其次，从中唐以后，泉州渐渐发展成为一个世界级的大港口，在宋元时期，泉州、晋江鼎盛臻于极致。明以后虽然略有逊色，但泉州、晋江的另一个重要作用又出现了，那就是与台湾的联系，与海外的联系。台湾的澎湖最早就归晋江所辖，海外的华侨以晋江为原籍的四处闻名。然则晋江县志和泉州府志却各仅两部（虽然在临解放前还出版了一部篇幅不大的《晋江新志》），实在是太不相称，更何况解放四十多年来，晋江又发生了翻天覆地的变化，更需要秉笔直书，因此《晋江市志》的出版是晋江历史上的一件大事，不但对晋江而言，就是对整个闽南地区来讲都有不可忽视的意义。

《晋江市志》分成四十二卷，洋洋三百万言，举凡有关晋江的现状与历史资料，几乎搜罗无遗。是一部资料性很强的新编地方志。除了一般方志都具备的卷章外，《晋江市志》又有其特色，专辟了华侨卷、晋台关系卷与乡镇企业卷，体现了晋江的与众不同。同时分卷趋细，以便采纳更多的内容。例如属于文化范畴的文物、宗教、风俗与方言，就都独立成卷，自然内涵就丰富了。由于职业的缘故，我对于建置沿革与风俗方言部分最感兴趣。建置沿革是专门性很强的知识，由于受旧志的影响，新编方志在谈到古代，尤其是宋以前的沿革时一般都或多或少有些毛病。《晋江市志》也不能免，这里无庸细说。值得提起的倒是其略胜他人一筹的地方。例如民国时的沿革记载了福建人民政府时期，福建省被分为泉海等四省与两个特别市，泉海省又改为兴泉省，辖晋江等县之经过，虽然这一变迁过程只有短暂的一个月时间，但作为一件史实予以记载下来，却足见编纂者的高明。同时，在晋江县的境域变迁和行政区划方面，《晋江市志》也极尽详备之能事。从清代以来的区划历历可查，这是许多其他方志所不具备的优点。

上面已经提到，包括泉州、晋江在内的闽南地区，保留着古文化的遗存。其中最具特征的就是风俗与方言。风俗中的漆齿、男根崇拜与二次葬都是很古老的习俗。本志风俗卷中对二次葬有较详细的描写，颇有参考价值。比风俗更值得一提的是方言，这是最能反映文化的时间层次的标尺。闽南话保留了古汉语的许多特征，这在语音、词汇和语法方面都充分得到体现。我在《方言与中国文化》一书中曾提出这个看法，即：福建沿海在汉末三国西晋时期曾有不少移民由海路到来，因此闽语反映出了秦汉六朝时期吴语的影子。而日语里的吴音也记录了六朝时代的吴语语音，所以今天日语的吴音听起来更像闽南话些。但在闽南话内部实际上还存在两个层次的差异，一是以泉州为中心的泉州腔，一是以漳州为中心的漳州腔。在形态上泉州腔明显地比漳州腔更为古老。这种差异是由先后来到闽南的两支移民所造成的。闽南最早建县是三国时的东安，这是泉州的前身，是以两汉之际与汉末三国的移民为基础的。而漳州的建立要迟到唐朝前期，以隋唐之际与唐初的移民为基础。两支移民带来时间有先后的北方汉语，就反映在地域上有差异的泉漳二腔。

《晋江市志》极为重视方言卷的编写，这是很有见识的。方言卷分四章，包括语音、词汇和语法三大项语言特征，第四章则是语料。这些内容不但是对说其他方言的研究者了解晋江方言有大用处，即对只会讲晋江方言而不知其所以然的读者也大有裨益。尤其是文白异读一项，操闽南语者多不自觉，但这正是闽语的最重要特征之一，我想只要读读文白异读一节所载的例子，谁都会明白为什么会有粤语歌曲，而无有流行全国的闽语歌曲的道理。因为文白异读的普遍存在，使得普通话词语大都无法用闽南语音来读，而与之相反，所有的普通话都基本上可以译成粤音的。在方言卷中，编者还指出晋江的语音存在东西两片的差异，西片是ɯ，i分明，东片则不分，统统发i音。说明这一点是有意义的。因为语言是不断向前发展的，越来越趋向于同化。过去厦门郊区也是ɯ、i 不混的，但现在与市区一样，只有 i 音了。晋江方言还保留着ə与 e 的差别，这一点方言卷也提到了，但认为它是闽南话的特点，其实不然。厦门话ə、e 已经无别，假与果发音完全一样。因此晋江方言真应该认真加以研究。我曾听说闽南某一山区县还说着很古老的方言，将姐夫叫成 zi pɔ，这是极为难得的语料，等于解决了为什么闽南话将男人说成 ta pɔ（实即字面上的"大夫"）之谜。语言的变化是很迅速的，若不及时抢救，许多活化石就会消失，方言卷虽然写得不错，但限于篇幅无法写得更加详细，如果有可能最好能在这一基础上加以扩充，成为单独的一部晋江方言志。

在风俗与方言之外，华侨志也是颇具特色的一卷。全国的华侨大都集中在闽粤两省，闽省的华侨又集中在闽南，闽南的华侨更以晋江为大宗。华侨卷中把有关晋江华侨的各方面都涉及到了，读了这一卷，基本上就掌握了晋江华侨的全貌，既有历史的又有现状的，既有侨居地的状况，又有侨乡的情形；既有华侨在外的社团组织，又有华侨对内的支援与建设。称得上是一卷小小的百科全卷。不同籍贯的华侨素有不同侨居地的传统，潮州华侨集中于泰国，广东四邑华侨多在美洲，晋江华侨则多往菲律宾。华侨卷中把在菲律宾的华侨作了详细描述，甚至开列了在马尼拉晋江华侨宗亲会情况表，都是极有用的材料。晋江的侨乡在全国颇具特色，有些乡村的侨眷、归侨占到全乡或全村人口的 70%—80%，有的乡村在外的华侨人数比在家乡的人口还多，这在全国也是不多见的。由于侨眷与在外华侨人数的众多，实际上已使某些侨乡的文化环境有了彻底的改变，与单纯务家的旧式农村有所不同了，研究这些侨乡的文化变迁应该是很有意义的一项工作，华侨卷在这方面提供了很有用的信息。也希望晋江能有一部高质量的华侨专志贡献给全国读者。

最后还必须提到，地方志与地方史不同，后者是一方之全史，而前者是一方之地志，应该更偏重于从地理的角度来编纂。地志更强调的是自然环境与人文现象的地域的差异，虽然也叙述时代的变迁，但这些变迁要尽量纳入地域的范畴。不管《晋江市志》的编纂者主观上意识到这点与否，他们在客观上却很出色地做到了这一点。例如在人口卷中详细到了人口的地域构成和姓氏分布，在乡镇企业卷中列有企业分布一节，在商业卷中有商业网点专章，在华侨卷中更详叙了晋江华侨侨居地与侨乡的分布。志中所附的各种各样的分布图更是令读者感到特别的直观与方便。并不是所有新编地方志都有充分的地理意识的，许多地方志更未注意到分布图的编制。在这一方面，《晋江市志》是值得其他方志效法的。

中国印刷出版史上的近代文献述略

中国印刷出版史研究历来重两头，一头是古籍版本目录研究，一头是现当代出版物研究，而对夹在古代与现代当中的近代文献则研究相当薄弱。近代文献甚至一度处于目录学不讲、藏书家不重、图书馆不收的境地[1]。然而近代正是传统古籍向现当代文献变化的重要过渡阶段，无论从出版物的内容、形式、种类以及印刷方式、印刷技术，出版过程、出版理念与资本运作形式都发生了巨大的甚至是革命性的变化。忽略或轻视这一时段的印刷出版史研究不但将使整个中国印刷出版史显得残缺不全，而且实际

---

[1] 由于这个情况，以至于中国第一份现代形式的报纸《上海新报》从创刊到第47期，全世界未有任何图书馆入藏。其珍稀程度完全不亚于古籍中罕见的善本书。

上无法理解中国印刷出版事业的现代化过程。本文试图从近代文献这个概念出发，分析这一概念的基本内涵以及近代书籍与报刊的分类，强调近代文献于学术研究的重要性，以及对中国近代化过程的促进作用，更重要的则是从目录学的角度指出普查与编纂近代文献目录的急迫性与重要性，以为书写有深度的近代印刷出版史打下基础。

一　传统图书分类的困境与近代文献的概念

中国的古代典籍自南北朝时期出现了四部分类的思路，自《隋书·经籍志》始，即明确实行四部分类的方式，将所有传统及当时的典籍分为经、史、子、集四大类。这个分类不能说很合理，因为前三种是以书籍的内容而分，最后一种是以文章编排方式来分。但这个分类行之一千余年，从雕板印刷术发明之前一直到雕板印刷术极其鼎盛时期均可从容应对，即便晚明以来天主教传教士在华撰写及翻译的西方神学与科学的著作，也以传统的线装书形式出版，并多能纳入子部类的各分目当中去，而不致发生很大的困难。

但近代以来，印刷出版的文献却出现了无论在书籍形式上、印刷方法上以及内容分类上，都无法与传统图书分类相榫接的情况。

首先是内容上的不纯粹，使得经、史、子三部都无法容纳，例如期刊报纸一类，就难以归类。其次印刷方式已经从雕板印刷与木活字（极少数是泥活字或其他材质的活字）发展到石印与铅活字形式，同时书籍的装订形式也开始有洋装方式（包括平装与精装），文献载体也从单一的书册形式变成报纸的单张或多张的不装订形式。出版周期的概念也同时出现，过去典籍的出版基本上是一次性的，但近代以来则有连续出版物的形式行世。再者，这些出版物还有以外文形式或中外文并存的形式出现（古代文献这种情况是极其罕见的例外），这一切使得原来的四部分类显得捉襟见肘，起先的弥补的方法，是在四部之外，另加一个新学部，以包容近代与西方文化有关的文献。另外在出版形式上也加了一个丛书部，以包容将多部单独的书籍合在一起出版的新思路。同时也有一些个人或单位打破了旧的分类法，编制了如《西学书目表》、《古越藏书楼书目》、《南洋中学藏书目》等目录，打破了四部分类的传统，但上述补苴的方式有时只能是削足适履，方凿圆枘，·或只是局部可行，并不能与近代新型文献的大量出现完全合宜。因此新的图书分类法很快就在清末产生，但这方面的问题不是本文的研究对象，本文的目的只是要由此引出一个近代文献的概念。

所谓近代文献并不是学术界目前已经存在共识的一个学术

概念，正像"古籍"一词至今亦尚未有严格的定义一样[1]。近代文献大致是指在近代产生的，在印刷出版方式上与古代传统典籍有别，或者虽然还是以传统形式出版，而内容则完全出新的文献。这样一些文献由于在内容上与传统文化有本质的不同，甚至有些被视为离经叛道，同时在印刷出版方面，商业性的利益考量超过艺术鉴赏性的需求，再加上由于印刷技术的进步而使出版数量大幅度增加，结果为时人所不重，以至有些距今不过百年的文献已经极为罕见[2]，以至于今天我们可以编辑全国善本古籍目录，甚至正在编辑全国古籍目录；与此同时，民国时期出版总书目也早已问世，但于近代图书目录却付之阙如，尤其是 1800—1900 年间的图书没有完整目录可言。然而近代文献在当今却受到越来越多的重视，被认为是研究中国近代发生三千年未有之变局的重要依据，在一些重要图书馆，近代文献已经被视为与珍稀文献具有同样重要的地位，因此我以为有必要将近代文献作为一项学术概念予以提出，并加以重视。以期望在较短的时间内编成全国近代文

1　古籍一般都是从形式上来认定的，只要是线装书及其更古老的形式（如蝴蝶装）都被认为是古籍。但民国时期亦有许多线装书出版，1949 年至今依然有少数线装书出现，应该算是古籍或今籍？如果纯粹以时间断限也有问题。

2　例如张德彝《英文话规》一书，国内未见有图书馆入藏，以致被误认为只有稿本存世，而汪凤藻《英文举隅》在各大图书馆中，仅北京大学图书馆一家独有。

献总目录，将其作为一项人文社会科学研究的基础工程，以便为进一步的学术研究提供良好的基础。

近代时期在中国历史上被视为三千年未有之大变局，在印刷出版史上也可视为千年未有之大变局。举其荦荦大者，就有如下数端：一是文献范畴的扩大，其中以报纸期刊等连续出版物的登场为最大的亮点；一是印刷术的革命，石印技术的产生与照相排版的出现以及铅印技术的推广；一是印刷文献的动力由人力到机器的转变；一是出版机构由官刻、私刻、坊刻等形式的小规模生产转变为公司经营的大规模的商业出版。这几方面的变迁在具体而微的方面都有过不少研究，尤其是对印刷技术的研究更是印刷出版史的重镇，但对于从文献学的角度来对近代文献作一概观式的研究，则一直存在空白。由于对近代文献尚未有一个确切的定义，因此以下我们不妨从时间性、内容上以及印刷出版特点方面来进行初步的解析。

二　近代文献的时间段概念

对近代的时间段概念目前没有统一的认识。传统上以鸦片战争为始，因为自此以后国门大开，出现过去所谓的半封建半殖民地社会形态。但若深究中国自身发生的变化以及外来影响之始，有人以为可以将近代上伸到从 19 世纪初年起。在为人所津津乐道的康乾盛世之末的 1793 年，英国马戛尔尼使团来华要求双方实行自由贸易，虽然这一使命宣告失败，但该使团却将中国的虚实探明，为以后的侵华战争做了必要的准备。接着在世纪之初的 1807 年，以马礼逊为代表的新教传教士入华，开启了另一轮西方外来文化的影响，虽然初时影响较弱，却具有标志性作用。至 1815 年，有两件与中国近代印刷出版业有关的事情同时出现，一是在澳门开始出版马礼逊的 *The Dictionary of Chinese Language* 的第一部分《字典》的第一卷，这部词典是第一部中英对照词典，也是第二部正式印刷出版的中文与欧洲语言的对照词典 [1]。另一是在马六甲出版第一种中文期刊《察世俗每月统记传》。虽然后者不在中国本土出版，但对象却是华人，包括在东南亚以及在大陆的中文读者。因此如果我们以印刷出版史为本位，不妨可以将这一年当成近代文献产生的开始。至于下限，如果按传统的说法，历史时期的近代结束于 1919 年，这是以五四运动为标志，但如果仍以印刷出版史为准，则不妨以新文化运动开始，即以《青年》（后改为《新青年》）创刊为标志创刊的 1915 年为止，亦即从《新青年》

1　对于第一部中文与西方文字对照词典的产生可以有不同的标准来看，有人以为基歇尔《中国图说》1670 年法文版所附法汉对照字典是第一部中欧语言对照词典。见 Federico Masini，"Notes on the first Chinese Dictionary Published in Europe（1670）"，*Monumenta Serica* 51（2003）。

出刊之后，大致可以表明另一个出版时代的起始。所谓近代文献的范围正在1815—1915的百年之间，或者也可以大致定为1800—1919年间。

当然也有将近代下限延至1949年者，如国家图书馆与上海图书馆已经有一个近代文献联合目录，时间段为1900—1949年，共收两万多种。虽然这个下限亦可自成一说，但上限则显然断得太晚。原因不在别的，正表明对1900年以前的近代文献缺乏足够的了解与研究。即使商务印书馆这样的出版重镇，其建馆伊始至1911年间的出版目录至今还留下许多空白[1]，遑论其他。我们今天于民国时期出版的书籍与报刊大概有个基本的目录，尽管还很不完善，但于1900年以来的晚清出版物则没有完整的目录可以检索，在这方面甚至还远不如对古代典籍的了解。至于专注于近代出版物的版本学与目录学著作更是几乎不见，因此我们有必要将印刷出版史中的近代文献作为一个专门的重点来研究。

三 近代文献基本范畴的扩展

从历史研究的眼光看来，凡触目者无一不是文献。随着学

1　商务印书馆建馆之初出版的书籍有的未标出版年代，例如辜鸿铭所译《痴汉骑马歌》初版即是。该书为道林纸版，有彩色插图，此版即为商务印书馆书目所不载，仅见于日本东洋文库（原莫里循文库之物）。

术研究领域的拓宽，文献的概念与范围也不断扩大。可以大致地说，从鸿文巨册到笔记便条，凡是形成文字记录的无非文献。进一步而言，则凡是形成图像纪录的也是文献。这其中可以包括正史、实录、起居注、奏章以及一切公私著述，如档案、如碑铭墓志、如函札日记、如宗教经典、如家谱稗乘、如杂志报纸、如闱墨硃卷、如账本地契、鱼鳞图册、地图照片、日历年画、词典教材、广告招贴、唱本歌词、邮件请柬（莫理循保留袁世凯请客的菜单），不管刊刻复制印刷出版发行与否，无一不可作为文献使用。正如韩愈所比喻的：牛勃马溲，败鼓之皮，兼收并蓄，待用无遗。文献的载体则从甲骨、吉金、玉帛、简牍、纸张，直到今天的电子形式。文献一般应该有文字，但在当代范围扩大以后，以图证史功能明显重要，现在也已经归入文献类。

近代文献的基本范畴虽与古代文献相比有许多后者所无的特点，举其大者有两方面，一是文献形式的增多，除了传统的图籍以外，产生了报纸、期刊等连续出版物。其次是文献的载体发生了变化，在单一的汉字（以及少数的满、蒙、藏等文字）外，出现了欧洲文字与汉字并存或单独以欧洲文字及日文等其他文字印刷的出版物 [1]。近代文献当然还有其他别于传统文献之处，但以这

1　晚明出版的利玛窦的《西字奇迹》只是中西文字并存的个案。

两项特征最重要也最显著。

中国历史上非无连续出版物，如邸钞、塘报、京报都是，但近代化的，具有社会新闻与科学艺术报道的定期出版物则到晚清才出现，正是新教传教士将这一形式引进中国，因这种文献形式在西方已经出现很长时间了。当然起初引进时，无法直接进入中国，而是先落脚在东南亚的华人居住区，而后才进入广州，北上上海，最终分成报纸与期刊两大类，而进入现代。刚进入中国的时候，马礼逊等人亦无法将 monthly magazine 译成简易的中文对照词，如月刊或杂志之类，而只能称之为"每月统纪传"。而且由于起先报纸与期刊在出版形式上没有根本的分别，名称叫做"报"的其实可能是杂志，如晚清流行的多种白话报即是如此，以至于迟至 1929 年，戈公振写作第一部中国新闻史时，还不得不将其称作《中国报学史》，以"报"来包揽报纸与杂志两大类连续出版物。

外文文献与中外混合文献的出现。在中国，将中文与西文并处于一种正式出版印刷的文献中，应该是由中西语言对照词典最先实现的。虽然 1813 年小德经所编纂的汉法拉对照词典开了先河，那并不在中国出版。两年后，马礼逊的《华英词典》在澳门开始出版可算是在华出版的最早中外混合文献。完全以西文出版的报纸杂志应以 1827 年 *Canton Register*（《广东纪录报》）为始，直到 1851 年在上海出版 *North China Herald*（《北华捷报》），已经相当成熟了。中文报纸出版晚于期刊，要迟至 1850 年代才出现，起初多是附在英文报纸后面出版的，香港的《香港船头货价纸》如此，《上海新报》亦如此。

中外混合文献中还有一类特殊的形式，即坊间所刻的"红毛番话"一类洋泾浜英语或"澳门番语"一类洋泾浜葡萄牙语读本，虽然内容的实质是英文或葡萄牙文与中文的对照，但其中并没有西文原词形，而是以中文的谐音形式来代表。这一类文献过去从未被注意，更未被纳入学术研究范畴，现在则是珍稀文献了。

正式的系统的文献之外，零星散碎的非正式文献，也应该引起重视。例如广告海报之类。虽然今天近代的报刊内容已被认识到是研究近现代史的好材料，但对其中的广告注意者仍然不多。十几年前影印全套《申报》时，据说有人为了节省篇幅，打算不印广告。好在这个提议未被采纳，而且也实行不了（大量广告非专页），否则就要损失许多有用史料了。大而言之，1927 年"四一二"反革命政变前，各派政治势力刊登的成立某组织以及召开各种大会的广告，活生生地显示了当时的政治场景；小而言之，19 世纪七八十年代私人设英语学塾者不在少数，由他们刊登的招生广告便约略可睹。当然也有始终不知道可以广告来作为史料的例子，如商务印书馆出版目录的编纂至今离完善还很遥远，原因之一就是忽视了从广告中去寻找线索。商务早期的出版物现已佚散严重，不要期望有搜集到全部原件的可能，因此在《东方杂志》上刊登的新书广告，与各种现存书籍前后所附的广告便是重要的史料。可惜这些材料未被利用过，由于一般人所看的《东方杂志》都是删去了彩页广告的影印本，不少人甚至不知道该杂志有那些广告存在。

三 近代文献在内容方面的出新

近代形成的文献，当然有相当数量是对古代文献的翻刻重印，还有近代学者阐释古代经典而形成的文献。这点毋庸赘述，也不是我们要谈的内容。近代文献之所以重要，主要就是其内容的出新。这些出新表现在许多方面，首先是对西方科学技术的传播。

中国在前近代没有发展出科学观念来，自晚明以来，西方科学通过天主教传教士进入中国，引起了国人的巨大兴趣。传教士的本意是要传教，但必须借助传播科学为工具或先导，在这一方面，他们可以说取得了成功，至少我以为晚明的徐光启、李之藻与杨廷筠的皈依天主教是与震惊于西方科学的先进性有密切关系的。也因此，新教传教士采用同样的策略，在传教的同时也要介绍西方的科学技术，这一点即使在科学内容相对较少的《察世俗每月统记传》也可以看到，更不用说后来科技成分较多的《东西洋考每月统记传》、《遐迩贯珍》以及《六合丛谈》等早期期刊了。对于这些期刊杂志对国人的影响，至今并无专门的研究，因为资料太少，但却也不是无迹可寻。我在早稻田大学找到的《西域水道记》的徐松自笔修订本上就注意到夹有一张字条，上写"《每月统记传》谓生于陈宣帝太建元年……"云云 [1]，使我大为吃惊。如果说上述杂志的影响还是相当有限的话，那么，到了傅兰雅受聘在江南造船厂译学馆专门从事西方科技书籍的翻译时，这个影响就相当大了。过去对近代文献中的科技资料漳州音得并不够，例如通常都以上海徐家汇天文台的记录为中国最早的气象资料，但其实在早期英文报纸中就已经有相当长一段时间的气象记录了。

二是中西方语言的接触资料。晚明天主教传教士在中西语言接触方面已经做了大量的工作，既编写了大量西方语言与汉语的对照词典，也写了许多汉语语法著作，但前者无一单独出版成书，后者则虽然有专门著作，却不在中国境内出版。大量的中西语言对照辞典在 1815 年之后出现，不但有官话，且有各地方言与西文的对照辞典。与此同时，西方人还对汉语方言的语音、语法

1　见拙撰《早稻田大学所藏〈西域水道记〉修订本》，原载《中国典籍与文化》2001 年第 1 期，收入《长水声闻》，复旦大学出版社，2010 年。

进行了充分的研究，专著与论文层出不穷。在正规外国语言著作或教本之外，中外语言接触所产生的洋泾浜语言，也有多种坊间刻本，而且被大量翻刻，这方面在过去也受到忽视。

三是西方人文科学著作的引进。中国是一个文化大国，从来不觉得有引进西方文化的需要，充其量只会引进西方的"奇技淫巧"与声光化电。但在近代中国对列强屡战屡败，甚至败于日本人之后，一些知识分子对中国固有文化的怀疑日渐加深，于是在十九世纪末西方人文科学的引进成为近代文献重要的内容。二十世纪初甚至经由日本引进了马克思主义思想，完全不需等到十月革命的一声炮响。

四是国人本身的新式著述。中国文化传统的特点之一是"述而不作"，所尊崇的只是古代经典，历代以来的学者多只是祖述阐释前圣之著作，而鲜有自己的创造，也少有条件接触西方经典。鸦片战争后，魏源的《海国图志》与徐继畬的《瀛环志略》则是取源于西方的地理学著作，加以自己的创意，不但在国内，而且在邻国日本发生了极大的影响。自此以后，此类著作渐次增多，至于十九二十世纪之际而大盛。

五是国人对传统经典阐释的通俗化。传统经典均用文言书写出版，其中的特殊情况也有，如为了让"愚夫愚妇"能了解皇帝的教导，对康熙的上谕十六条与雍正的《圣谕广训》有不少人用方言俚语作过阐释。到了近代时期，传教士为了传播基督教教义这样做过，一些士人也开始用白话来解释经典，尤以解释"四书"，特别是《论语》为突出。这些白话文献是研究中国汉语史与中国文学史的重要资源，实不待胡适等人于新文化运动才提倡。

六是对外国文学作品的翻译介绍。这一点极其重要，因为西洋文学作品极大地影响了中国的文学创作，以至后来梁启超有"小说革命"这样的话头产生。第一篇西洋小说的翻译是《昕夕闲谈》，此后则如雨后春笋般出现，到清末而有"欧美名家小说丛刊"这样的系列翻译在商务印书馆出版，再后则有"说部丛书"、"林译小说"等等。

七是汉语方言文献的大量涌现。此点与传教士来华关系极大。汉语方言种类多，彼此差异很大，传教士为了会都的需要，对汉语方言进行认真记录与深入研究，既形成不可多得的文献本身，又从域外的视角以及西方语言的角度进行学理方面的研究，写成数量颇夥的专门论著，同时又利用方言翻译《圣经》与书写布道著作，结果在近代形成一大批难得的汉语方言文献。

还可以举出更多内容，这些只不过是比较突出的例证而已。近代文献在中国文献史上有太多的第一，过去一直被人所忽视，值得我们去进行文献意义上的考古发掘。

四 近代文献对传统印刷出版技术的传袭与革新

近代以来，中国传统的雕板印刷技术长期被沿用，即使传教士出版的许多刊物，从 1810 年代的《察世俗每月统记传》到 1870 年代的《小孩月报》都是使用传统的印刷工艺技术。即便在上海开设的中国第一所近代化印刷技术的墨海书馆，也仍然用雕板印刷，只不过不用人工刷印，而以畜力带动机器印刷。由于雕板印刷历史久远，刻印技术高超，甚至连西文字母与科技插图最初也照用不误。但毕竟西方的先进印刷制板技术更加有利于西方文字与艺术、科技图画的传真，所以很快得到风行，而且是从上海开始进行了印刷革命。至十九世纪七十年代前后，上海的印刷技术在亚洲显然处于第一流的地位，连日本的《和英语林集成》最初的版本都是由上海美华书馆承印的。现在这些内容虽新而印刷仍然传统以及初期的内容与印刷皆新的近代文献都属于比较罕见的出版物了。中国的传统印刷技术还有由毕昇发明的活字印刷，但应用得不如雕板普遍。这一技术后来雅称为聚珍版，近代京师同文馆有过一些重要的出版物都以此种形式行世，如《万国公法》、《法国律例》、《英文举隅》等。

石印技术在 1843 年后进入上海，先由传教士印刷宗教宣传品，后在 1874 年土山湾印刷普通读物。节省劳动降低成本减少错误，开本任意，图像制作与西文再现容易。自清末到民国，我国出现的大、小石印书局多达百余家，以上海为中心遍布全国。1874年，上海徐家汇天主教堂附设的土山湾印书馆始设石印印刷部，开始印制教会宣传品；1876年，创设申报馆的英国人Ｅ·美查在上海开设了点石斋石印局，开始石印图书和期刊，出版了《考正字汇》、《康熙字典》、《佩文韵府》、《点石斋画报》、《飞影阁画报》等；随后中国人徐裕子、徐润等于1881年先后开设了同文书局和拜石山房，专印古书，如《二十四史》、《古今图书集成》、《康熙字典》、《佩文斋书画谱》等；此后李盛铎创办的蜚英馆、凌陛卿开设的鸿文书局等许多石印书局也相继出现。石印在当时一度十分时髦，内页要写上仿西法石印的字样，以广招徕。但在传统的藏书家看来这种石印本不登大雅之堂，所以没有人对其进行深入的，并且是学术性的研究，同时图书馆对此类图书的收集也从不措意，以至当时印刷数量颇大的一些石印本书籍，现在有时也难觅踪影。这一方面尤其要提醒近代文献的研究者予以注意。

五　近代文献对于学术研究的重要性

文献重要性是随着人们的认识提高的，如正史中"五行志"的遭际即是如此。过去正史虽被当成最重要的史料，但其实并非正史内的所有内容都被充分利用，如其中的"五行志"，就因为藉灾异现象来解释人事祸福、政治变迁，历来为史家所不齿，曾被梁启超讥笑为"邻猫生子"式的史料。但今天灾害史的研究兴起，只要除去那些天人感应的无稽之谈，所有气象灾害、天候异常的记录都是不可多得的史料，不但可以作为数千年气象史的基础，而且可以为预测将来的长时段的天气趋向作参考。复旦大学历史地理研究所在编制《中国历史地震图集》和元代以前气象资料时就充分利用了这些史料。

对于近代文献的认识也一样要经过一段长时间。当然对于近代史研究者而言，近代文献一直是受到重视的，但也不见得所有近代文献都能受到青睐，当着近代史研究只注重于政治史、军事史时，所体现出来的就是认真整理最主要与最常见的史料而成为"近代史资料丛刊"的十一个专题，从《鸦片战争》直至《北洋军阀》。在经济史方面也有《近代中国农业史资料》、《近代中外贸易史资料》等一系列可资利用的文献汇编出现，在思想史方面也勉强见到有如《辛亥革命前十年间时论选集》那样的汇编，但如果从与社会史、文化史相关方面而言，恐怕还有大量近代文献未受到重视，以下只能以举三方面的例子作简单地说明。

近代一大批与语言相关的文献过去从未引起注意。直到二十世纪八十年代以后，由于研究中国近代学术用语的形成以及更为广泛的中西语言接触课题的出现，这些文献才受到学界的注意。

但究其实，不但是研究中外语言接触史，而且研究中国语言也需要域外学人所撰写的有关文献，这一方面是因为他们用西方近代的语言学来写中国语言学，另一方面，由于中国的许多方言难以全用汉字表达，于是用罗马字记音的辞典或专门的方言著作，以及方言《圣经》，方言传教报刊就成了极为重要的汉语方言研究资料。这样的资料数量相当大，值得加以收集与研究。另外对于中国少数民族语言的记录与研究，近代文献里也有不少，足以填补多项空白。

而即使对于政治史与外交史而言，近代文献的开发力度也是不够的。比如说，外交档案对于历史研究的作用是人所共知的，但于外国的档案利用却相当薄弱。最近美国外交档案解密数量不小，广西师范大学已经影印出版了近代《中美往来照会集》与《美国驻广州领事馆领事报告》两大套文献，于近代中美外交史研究起了重要的推动作用。中国对近代外交档案保存情况并不理想，比较完整的是外务部的档案，但已经迟至二十世纪以来了。而国外的保留情况较佳，因此除了应该重视国内的近代文献的搜集整理利用之外，对国外所保存的与中国有关的近代文献也应该积极搜求。我自己有个经验，即多次到日本外务省史料馆读档案，因而对近现代中国新闻史有些本土以外的补充知识。因此海外近代文献的开发利用应该引起我们的注意。尤其各国的外交史料馆或档案馆应被视为中国近代文献的一个重要渊薮，希望能引起大家的重视。

更进一步而言，即使从来未被看好的近代的闱墨、硃卷一类材料，其实也大有用途，从中可以看到近代中国一般士人思想演进的轨迹。光绪庚子年改革后的乡试与会试，第二场考的是各国政治艺学策，每场考试由主考官出五道问策，而由考生作答策。两科会试共十道问策，两科乡试各省合共一七〇道问策，由问策体现出来的主考官员的世界与中国的意象是否真正反映了历史真实，答策又是否真实地反映了考生处理具体事务的能力以及对世界情势的认知，是值得研究的问题。从某种意义上说，对世界认识得越深刻，等于是对中国认识得越深刻。所以各国政治艺学策这样的官方考试，无异于正式号召普通知识分子关心世界历史的进程，从而在客观上让应试的举子们了解到中国的弊病所在，无论对改革对革命都准备了思想基础。但清末保留下来的这些问答文字似乎从未有人好好利用过，无疑是一个很大的遗憾。虽然考生的答策并不全是在独立之精神与自由之思想指导下写出来的，而是要迎合考试的需要，也就是在力争中式的前提下写出的急就章，所以必定要揣摩问策的意向，使答策能得到考官的认同。但即使在这样的情况下，我们依然可以看到许多精彩答策，体现了在社会转型期相对丰富的思想内涵。当然有些问策迹近可笑，答策也很幼稚敷衍，但正是这样良莠不齐的一问一答，让我们看到了历史变化的真实。

举一例而言。山西壬寅年乡试有这样一道策问："中学西学互有体用。西人中如倍根之讲求实验，笛卡尔之专务心安，未尝不与中学通。今普通学堂兼取西人所长，补我所未逮，何以不病迂疏，不涉诞妄，义理明而格致精，体立用行，以备朝廷任使策"能出这种题目已经说明考官对新思潮有相当之注意，因为"中学为体，西学为用"是以张之洞为代表的一群既想吸收西方先进科学技术，又不想触动中国原有文化与政治体制的高官的基本主张，但这个思路被严复所批评，严认为中学自有中学的体用，西学自有西学的体用，中学为体西学为用在逻辑上是说不通的，因此由这个题目首先可见考官已经认可了严复的思路，尽管接下来的问题则又回到老路上去。晚清因为受到西学的冲击，国人自信心大受挫折，中国文化受到严重挑战，于是西学中源说成为追寻自身文化光荣的一种心绪排遣（或曰成为一种历史记忆），或者退一步，提倡中学西学有兼通之处，如本题首先就预设培根与笛卡尔的思想与中学是相通的，为考生定下框框。而具体要考生作答的是题目的后半部，亦即询问考生怎样才能使兼取西学的新式学堂能够避免迂疏诞妄的毛病，而达到体立用行，让朝廷得以利用。

改革后的第一场科举考试是考中国史事论，但有些论题出得相当之超前，甚至与策问题相去无几了。如壬寅年湖北乡试的论题即有一道问："关中称西北隩区，长江为东南天堑，其物土之肥瘠，形胜之险夷，试以历朝陈跡证之近今大势，博考精求，为讲习政治地理学之一助论。"这里不但出现了我至今所知的"政治地理学"一词的最早出处，而且此论所问，其实已经与策问相去无几了。

顾廷龙先生主编《清代硃卷大成》，大约就是认为硃卷还有其上述所列的无用之用，这是极有见地的工作，只可惜所缺甚多，尤其是江浙两省以外所缺更为明显，如果能够动用全国公私藏书之力，应当能够补充得更为全面。

对近代文献的重视是随着学科领域的扩展与学术研究的深入而逐渐为人所认识的。即使极其重视文献的前辈学人张元济与郑振铎，他们由于研究的侧重点有区别，观念就有所不同。前者极其重视古代文献，而后者则古、近并重。一直到今天，还有古籍研究者对近代文献不屑一顾，实在有点遗憾。其实近代文献的重要性已经越来越受到识者的重视，美国学者韩南与中国学者李欧梵，分别研究不同领域，前者重在古代文学，后者专攻现代文学，结果双方不约而同都分别伸展到近代。所以另一位现当代文学研究者王德威说：没有晚清，哪来五四？正是说明了近代于中国历史研究的重要，近代文献自然而然也就逐渐引起重视，近代小说等文学形式也日益受到重视，日本的樽本照雄首先以一己之力广搜资料，编纂了近代小说目录，最近更有传教士创作小说研究这样的专著出现，说明近代文献受重视的程度已经与日俱增，不久的将来可能会蔚为风气。

六　注意近代文献的珍稀性

由于近代去今不远，加以传统认识上以古籍版本为珍贵，于是近代文献的搜集、庋藏与整理保护从来乏人注意，至于文献目录的编纂更是无人问津，以至造成一些近代文献十分稀缺的情况，有些重要文献甚至比古籍善本还要珍贵，这在国内最近的古籍拍卖市场上已有所体现。在国内各大图书馆中，上海图书馆要算是对近代文献的收藏最为注重的了，但即使在该馆你仍然查不到《华英通语》、《英文话规》这样的书籍。历来的藏书家只讲宋元版本，至不济也是明清佳椠，稿本、批注本。石印书铅印书没有人看得起。目录学亦只讲四部，此外不讲。当其时，图书馆对如潮水般涌来的新学书应接不暇，对闱墨之类敲门砖的书则因看不起而不收，而至今不少藏书机构与出版单位对近代文献仍不十分重视。对古籍善本的收集不遗余力，对古代文献不断翻印，近代却很少翻印复制。中文早期刊物《东西洋考每月统记传》由中华书局翻印了，但《遐迩贯珍》与《六合丛谈》都是日本先印，中国再复制。至于《察世俗每月统记传》、《中外新报》一类则还没有出版社看上。更往后的报刊，如上海出版的《益闻录》看似容易收集，但恐怕现在亦难收集到一套全的。范约翰在 1890 年即为该年 5 月份以前行世的中文新闻报刊编制了一个目录[1]，包括中国传统的《京报》在内，一共有 76 种，这 76 种报刊现在大多已经搜集不到全帙。就连中国历史最长的连续出版物《京报》，现在能够复印再现的也只是光绪以后的一小部分，光绪以前的只有零星存世，至于马礼逊等外人曾经译为中文的嘉道年间的《京报》，则无中文原版可寻矣。

英文刊物最近已经复制了 *Chinese Repository*，这是由美国传教士裨治文创办，1832—1851 年发行于广州等地的综合性英文月刊。这份刊物不仅报道时政新闻，而且发表了大量关于中国的学术论文，在近代中西文化关系史上具有不可忽视的意义。但还有《广州纪录报》、《北华捷报》这种动态性比较强，时效性比较快的报纸，其中有些保留了中文文献中所没有的重要资料的文献，目前还没有复制出版，未免让人觉得可惜，前者还有胶片可读，

1　参见拙撰《新闻史上未被发现与利用的一份重要资料》——评介范约翰的《中文报刊目录》，载《复旦学报》1992 年第 1 期，收入《周振鹤自选集》，广西师范大学出版社，1999 年。

后者则只有原纸质报纸可用，但因为纸质保存不易，已到了必须抢救的岌岌可危的程度了。

近代文献还有其唯一性，就是一直只以手稿形式留存的文献，这方面可能注意的人较多，但也仅注重如"盛宣怀档案"这样的重要文献，至于许多不成体系的，不那么显赫的人物的日记函札，大量堆积于各图书馆或者散落于民间，也都有重视的必要。即使显赫人物的有关文献有时也不容易获得，如伯希和在敦煌藏经洞的日记一直到前年底才正式出版，于敦煌文物流失过程有切实的记录，是不可多得的第一手文献资料。或许有人会认为手稿并非印刷出版物，但我们不妨视之为待刊之出版物，因为讲古籍版本学的人，一样要讲稿本抄本，严格说来这些稿抄本也还没有成为版本。

还有一些近代文献起初以为易找，其实不然。杨家骆的《中国近代史文献汇编》保存了许多重要近代文献，功不可没，但这一工作还任重道远，因为该汇编中还有些近代出版的文献并非第一手或并非初版本。如郭连城的《西游笔略》初版本，该汇编就未曾收入，而以其民国版替代。这个初版本我在法国的沙畹文库里偶然发现，才交由上海书店出版，有兴趣者不妨与民国版作一比较。所以千万不要以为百多年的东西就容易找，其实大大不然。关于近代文献珍稀性的例子还有许多，不能遍举，只是有一点要提醒大家，万一你看到某一种文献觉得从未见到，你就不妨加以收藏，因为有时那就是世界上唯一的一部。

七　重视建立近代文献目录学

既然近代文献还不是被广泛使用的正式学术术语，也因此至今还没有正式遑论完善的近代文献目录 [1]，但是从晚清起到民国初年却出现一系列的西学、东学与新学的书目，这些书目实际上属于近代文献书目的范畴，也是近代文献总目录的基础。自从晚明艾儒略写作《西学凡》以来，西学就成为一个正式的名词，只是在当时使用频率还不高。到了晚清，西学就成了士人皆知的一门新学问了。大凡是从西方学术著作翻译过来或介绍、引述、引申、重构、改写的西方的科技人文思想与成果的中外人士的著述也被称为西学。十九世纪四十年代以国人摘译改写的《海国图志》与《瀛寰志略》为代表。五十年代传教士与中国士人合作译《全体新论》、《代微积拾级》等书；六十年代，同文馆、上海广州广方言馆成立，编译外文书籍，重要者有《万国公法》、《法国律例》等；七十年代以后，洋务运动兴起，大量翻译西方科技书籍，江

_____

1　现在正在编撰并已陆续出版的全国古籍目录中就包括了大量的近代文献内容，但其落脚点是古籍，非古籍形式则不在其中，专门的近代文献目录的编辑仍是任重道远的任务。

南制造局设译学馆，翻译科技书籍近二百种。九十年代以后，在西学之外又加上东学，即从日本舶来的西学，不久以后，二者合称新学。戊戌维新前，新学书籍已经大量出版。庚子年后，新学成极时髦学问，非但日常需要，即科举改革考试中国史事论与外国政艺策，非新学有基础即考试不能中式。因此为了士人的实际需要，以及学术方面的内在需求，西学以及新学书目开始出现，摘其重要流行者有以下这些：

1896 年，梁启超《西学书目表》，时务报馆。

1897 年，沈桐生《东西学书录提要总叙》，读有用书斋（尚有《东西学书录》未出版）。

1898 年，康有为《日本书目志》，大同译书局。

1898 年，黄庆澄《中西普通书目表》，上海算学报馆。

1899 年，徐维则《东西学书录》。1902 年徐维则、顾燮光**《增版东西学书录》**。

1901 年，赵维熙**《西学书目答问》**。

1903—04 年，通雅斋同人编**《新学书目提要》**，上海通雅书局。

1903 年，中国学塾会编《中国学塾会书目》。

1903 年，王景祈《科学书目提要初编》。

? 年，《广学会译著新书总目》。

1909 年，陈洙《江南制造局译书提要》。

1934 年，顾燮光《**译书经眼录**》，杭州金佳石好楼。继徐、顾所著之《增版东西学书录》作，收 1902—1904 续得知见之新学译著 [1]。

但是这些正式出版的书目还远远没有囊括所有的新学著作，更不必说完全不及成书的单篇重要学术论文。上面提到的一些珍稀著作，就有好些未被收入以上书目。所以我们还要注意两类书目，一是营业书目（包括《贩书偶记》一类，但该书不及新学），一是公私机构的藏书目录。首先将营业书目收入自己的藏书中的是郑振铎先生，这是独具只眼的行为。因为营业书目可能包括时人所不重而今天却是珍稀文献的书籍。晚清成为书籍出版的营业书目最初要以《申报馆书目》与《续书目》最重要，后来，商务印书馆也有历年的书目出版，但至今似乎还没有完整的一套可供利用。至于以单幅广告形式出现的营业书目今天更是难觅，我所编辑的《晚清营业书目》只是纳入自己所藏书目而已，自然是挂一漏万。这样的营业书目还需多方搜求，以便能按图索骥，进一步丰富近代文献的收藏。还有一些营业书目是存在于已出版书籍的前后，或在报刊当中，搜集起来更为麻烦。

1　以上黑体四种已收入熊月之主编的《晚清新学书目提要》，上海书店出版社，2007 年。

晚清以还，公共与私人图书馆渐次出现，这些机构也往往编写一些藏书目，过去也不为人所重，例如在浙江图书馆建立以前，有《浙江藏书楼书目》，其"乙编"所载就全是新学书籍。像这类书目就容易被忽视。再者，基督教新教在晚清特别致力于中文传教书籍报刊与传教文献的出版，上面提到的范约翰的《中文报刊目录》就收入来华新教传教士首次大会文集上，但由于新闻史研究者过去忽视教会与英文文献，所以直到二十多年前，还不知道百年前就有这个重要目录存在，由以上所述，可见在近代文献目录学方面，我们还有很长一段路要走。

八　几句结语

近代上承古代，处于改革之中，下启现代，焕然一新，历史作用极其重要。近代文献正是我们理解西学如何进入中国，东学如何引起重视，新学如何成为时髦，寖假而成为革命动力来源之一，以至引起中国社会发生了翻天覆地的变化的过程。学问的追求原本不全在于实用，好奇心（而不是实用性）是西方科学观念得以产生的关键性原因，恐怕也值得人文科学界的深思。近代文献浩如烟海，从史学的角度曾经出版过的《近代史资料》一百多辑，还恐怕只是沧海一粟，但即便这一《资料》也由于出版社的变更，出版周期的过长，至今还很少有图书馆收齐。杨家骆先生在收集出版近代文献方面也做了很好的努力。如果在全国范围内能有长期规划，将近代文献的整理出版进行认真的规划，那将不但是印刷出版史的福音，也是整个学术界的愿景。近年以来，已经有不少人注意到近代文献的重要性与稀缺性，已经有意识地影印出版许多集成式的近代文献，譬如过去营业书目不受重视，今天已经有许多容易收集到的民国时期营业书目出版，但晚清的许多营业书目的集成则离完善还很远。由于对近代文献类别的判断还存在一些缺陷，所以有些影印资料错漏情况常见。如最近看到有《清末官报集成》一套大书，但其中似未收入很重要的《南洋官报》，却又误收入了《官话报》。但总体而言，近代文献由于去今不远，数量还很庞大，正由于此，所以重视的人还不够多，尤其是青年学者往往不容易判断所见文献是否重要或珍稀，有时不免就将值得重视的文献遗漏掉。爱好文献的同道，不妨以近代文献的搜求与研究作为一种志业，努力提高研究近代文献的能力，积以年月，必定会有可观的收获。同时于国家整体的文化建设也是一项极大的贡献。

Englishes 之一例

4 月 17 日的《上海书评》刊载了约翰·辛普森谈英语中的新词与外来词一文，大有知识点在。自从英美在十九及二十世纪相继取得霸权以后，English 就渐渐变成了 Englishes，尤以二战以后为明显，至于今日，英语已成为实际上的国际语言。不看今日各国的年轻父母们，不怕他们的子女说不好母语，唯恐他们说不来地道的英语。以至英语的学习由理智而进于"疯狂"，各种教学方法大行其道。但是一作为国际语言就不免要受到"污染"，其他语言的侵入也就不但在所不免，而且简直是顺理成章的事。本来英语的形成途径就很复杂，外来语成分特别多。而成为国际语言之后，其他语言为了让国际大家庭能够理解得以接受，就要将他们带有民族或国家特色的词语译成英语词，甚至还要施加语法方面的影响，于是 Englishes 的局面不可能不出现。记得年轻时将 long time no see 当成洋泾浜来嘲笑，未曾想现在是英语世界的日常问候语。所以有人预测将来 people mountain people sea 总有一天也要正式加入英语籍，恐怕不是不可能的事。

最近偶然买到一本小书，题名《中英时事语汇编》。1952 年 3 月初版，编者是桂绍盱与葛传椝。葛先生不用说，大家都知道是大名鼎鼎的谷孙先生的先生。桂先生其人则因我孤陋寡闻，不知底细，仅知道他是当时印行此书的上海竞文书局的"代表人"。所谓"时事语"，就是刚发生或正在发生的时事形成的一些词语，按照该书的凡例所言可分为四类（以下当文抄公了）：

甲、原自英文译成中文者，例如"联合国"（United Nations；UN）；乙、已有一定译语者，例如"共同纲领"（Common Program）；丙、虽无一定译语而已有通行译语者，例如"思想改造"（thought reform；ideological reorientation；ideological remoulding；ideological reformation）；丁、无一定或通行译语者，例如"翻身"。

甲类翻译，实即还原。乙、丙二类英译，基本上为蒐辑工作。丁类翻译，最费心思。往往几经改易，仍难妥贴；往往愈求正确则愈见累墜（按："墜"或当为"赘"，原文如此），或竟变成解释而非翻译。精详之释义，仅能使不谙中文之外国人了解中文原语，对于由中译英者甚少助益，故本书力避以释义代译语之弊。

先暂抄至此。由以上所说可见当时桂、葛二公编写此书之不易。乙丙二类已有前人之译，蒐罗编辑即可，虽然也要花力气。而丁类则属二公之创作了。"翻身"一词不要说洋人不懂，即今天 × 零后青年亦恐怕疑其为外来语，如何译得让洋人明白，岂是易事？于是急忙翻到那一页，看个究竟：

翻身 v.i.be one's own master again ; free oneself from bondage ; regain one's freedom ; rise from the state of slavery ; be liberated.

一共有五种可能的翻译，您老看着办吧。您也许会问，这无论哪一种都跟"翻身"字面上的意义浑身不搭界呀，那么您还有什么高明的译法请拿出来瞧瞧。而且请注意，不能以释义代译语。为了弥补英译让读者成丈二金刚，所以在译语之后还往往附有例句加以示范。翻身一词有两个例句：

被压迫的农民现在翻身了。The oppressed peasants are now their own masters again.

全国妓院关闭后受苦的姊妹们都翻身了。After the closing-up of all brothels in China the suffering girls have regained their freedom.

如果您还要说您看不懂，那您就是不可教之孺子了。

该书凡例还另有可读之处，请续抄如下：

除少数不属于任何词类者外，每语注明词类。凡属于二种或二种以上词类者，分别注明之；例如"坦白"注明为 *v.t.*, *v.i.*, *n.*, *adj.*, 及 *adv.*（按："坦白"一词在英语里竟可以是及物动词，不及物动词，名词，形容词以至副词，这在语法与印欧语系迥异的汉语里不免让人感到有点绕）。"团结就是力量"为全句，无词类可言。词类之分析，系就原语而言，翻译时往往某语在原句为何种词类而译入英文未必为同一词类，宜灵活运用，不宜拘泥。例如"他当众坦白"中"坦白"二字为 *v.i.*，但若译全句为："He made a public confession." 或 "He made a confession in public."，则"坦白"为 *n.* 而非 *v.i.*。

好在"坦白"一词至今还在广泛使用，时时见于报端，所以这条凡例读来毫无困难。再抄一条：

> 本书每语中英对照，就每语之本身而言，理应如此，但翻译时往往某语不必译入而意思自明。例如"作风"一条中有"官僚主义作风"，译作"bureaucratic working style"；但若将"他犯了官僚主义作风"（按：原文如此。现在作风好像不可"犯"，只可"存在"。该语会不会是从"犯了作风问题"而引申开来的？但作风问题犯的是问题，而不是作风。所以犯了官僚主义作风的说法现在没有，应是当时的流行语）译成"He is guilty of bureaucraticism"或"He is guilty of bureaucracy"，亦未尝不可。

可见当时两位作者编译此书之难度，因为这种时事语的翻译并无一定之规，他们也因而不反对其他人的创造性思路。写到这里，我发现电脑软件已经自动在上面引用的两个英文词底下划了红线，表明拼法有误。一是 remoulding，一是 bureaucraticism。再查陆公的《英汉大词典》，后者果然没有，只有 bureaucratism，但电脑也在此词下面划了红线。陆公岂能有错？自然是电脑不识字了，不理它。但桂、葛二公那个 bureaucraticism 不知从何而来，想当时必有所据。至于 remoulding 原是动词 remould（改造、翻新）加上 –ing 而成的动名词，大概电脑也以为"思想"不能 remoulding 而不予认可，显见软件的设计者是太不懂中国的国情了。

这本《中英时事语汇编》不过薄薄 122 页，而且是小 64 开本，随便扔在哪里就被淹没掉了，却还能留到今天也真是不易。但是小归小，此《汇编》竟也"收中文时事语 1780 余条"，那时新中国成立还不到两年半。只开展了思想改造，三反五反运动而已。这以后反胡风批胡适，三大改造，三面红旗，反右倾，四清运动，直到无产阶级文化大革命，不知给 Englishes 增加了多少 Chinglish 新词，记得文化大革命时也出过厚厚一本新词词典，虽然不是正式出版社出版的，但当时并不算非法出版物。可惜一时找不出，如果找到，或许还可为小文增加些作料，不过现在还是将作料不够的这盘先端出来再说。

虽然 60 年来，中式英语对 Englishes 作出贡献不小，但据辛普森说，OED 里只收了 243 个来自中国的词语（书评该文写成"词汇"，不妥），真是埋没了中国人的功劳了。希望有人将这 243 个词语列出来供大家参考。自然 tea 是必有的，我料定还会有 nankeen 一词，虽意为南京棉布，其实出自松江。因为明代松江府归南京管辖，故有此语（如果写成 Nankeen 则又变成青花瓷）。

不久前听说 kung fu 也进去了。不知还有档次高一点的没有？当然 Confucius 也可以有，然则孟修斯不知有没有？有谁肯花力气列出一个表来嘉惠嘉惠我们这些后学？

从方言认同、民族语言认同到共通语认同

　　语言是文化的核心，语言的变迁意味着文化的变迁，语言认同实际上就是文化的认同。故德国语言学家威廉·洪堡有言："民族的语言即民族的精神，民族的精神即民族的语言。"从时间的维度上看，中国历史十分悠久，其间有多次民族融合的事例，有边疆少数民族入主中原的多次过程，因此出现了民族语言的认同问题。另一方面，从空间的维度看，各民族语言中的方言，尤其是汉语方言分歧颇大，方言的认同成为民族内部族群认同的一个标尺。

一　语言认同作为文化认同的尺度

1. 鲜卑族的汉语认同

　　北魏孝文帝文化认同政策：迁都、禁胡服，改姓氏，倡通

婚，定门第，死葬洛阳，至禁止三十岁以下鲜卑人讲鲜卑语[1]。这一政策的长期后果即是，唐中期以后，鲜卑族已经不见于史册。民族语言的消亡造成民族文化的消亡，以至于整个民族的消亡。

2. 汉族对鲜卑语的功利认同

北魏分裂为东西魏，东魏又为北齐所取代。北齐的统治者高氏家族，是鲜卑化了的汉人，反北魏政策而行之，鲜卑话在北齐恢复其重要地位，以至北齐治下的汉族为功利目的鼓励子弟学习鲜卑语，以服事北齐贵族[2]。

3. 鲜卑语与汉语的双认同

尽管如此，但北齐的汉语仍是主要的使用语言，也就是仍然占统治地位。即使是齐高祖高欢也不得不重视华言。《北齐书·刘昂传》载：高祖"每申令三军，常鲜卑语，昂若在列，则为华言"。最后是军事上落后，文化上先进的北周打败了北齐，统一

---

1 《魏书·高祖纪》载："（太和十八年二月）甲辰，诏天下，喻以迁都之意。……（十一月）己丑，车驾至洛阳。……（十二月）壬寅，革衣服之制。……（十九年）六月己亥，诏不得以北俗之语言于朝廷，若有违者，免所居官。…… 丙辰，诏迁洛之民，死葬河南，不得还北。于是代人南迁者，悉为河南洛阳人。…… 二十年春正月丁卯，诏改姓为元氏。"又参见《魏书·咸阳王禧传》。

2 《颜氏家训·教子》："齐朝有一士大夫，尝谓吾曰，我有一儿，年已十七，颇晓书疏，教其鲜卑语及弹琵琶，稍欲通解，以此伏事公卿无不宠爱，亦要事也。"

了北部中国。继承北周的隋统一了全中国。鲜卑语无立足之地，遂至消亡。

二　清代以前"国语"认同的失败：统治民族语言让位于被统治民族语言

1. "国语"定义

在清代与清代以前，国语指统治阶级的语言。在北魏指鲜卑语，在辽指契丹语，在金代指女真语（女直语），在元代指蒙古语，在清代则指满语（或称清语）。

2. 清及清以前"国语"认同的失败

（1）北魏是少数民族入主中原所建立的一个较长时期的统一北方的国家。当其刚统一北方时，打算以鲜卑语为主导语言。《隋书·经籍志》云："后魏初定中原，军容号令，皆以夷语。"这里的夷语就是鲜卑语，被当成国语看待，但后来北魏的国策由于倾心汉化，鲜卑语没能成为占优势的语言。故《经籍志》又云："后染华俗，多不能通，故录其本言，相传教习，谓之国语。"《经籍志》所载有《国语孝经》，就是以鲜卑语译成的《孝经》，此外还有《国语》、《国语物名》等九种以"国语"为名的书与《鲜卑语》、《鲜卑号令》等三种并列，都是专记鲜卑语的书籍。

但北魏分裂为东西魏，再继之以北齐北周之后，鲜卑语有复苏之势。北齐"高祖每申令三军，常鲜卑语"。与此相类似，嫁给齐高祖高欢的蠕蠕公主也"一生不肯华言"。北周统治者宇文氏本匈奴族，但早已鲜卑化，故《隋书·李德林传》曾记周武帝以鲜卑语谓群臣之事。不过这种现象只是暂时的，到隋代周以后，鲜卑语又渐趋消歇。但直到唐前期，鲜卑语还有痕迹可寻。唐人颜师古注《汉书·武帝纪》云："匈奴谓天为祁连，今鲜卑语尚然。"到唐后期，鲜卑语就再不见于任何记载了。由于鲜卑语的消亡，人皆不知其义，以至于后人读到《魏书》里的文字有不可解处，就疑其为鲜卑语词。

（2）契丹语由于有文字表记，可能存在了很长一段时间，但契丹人建立的辽朝汉化程度很深，朝廷亦使用汉文。被统治的汉人依然使用汉语。契丹文名义上保留到金章宗时才废除，但契丹语其时已无人通晓。

（3）金代的女真语显然没有能够成为全民族的共通语。据清太宗语，金初熙宗与完颜亮仰慕中华文化，衣冠制度皆循汉人之俗，连女直语亦不重视[1]。至世宗则企图复原金代的风俗制度与语

1　但文字方面似仍重视。《金史·熙宗纪》："天眷元年正月戊子朔……颁女直小字。"九月"乙未，诏百官诰命，女直、契丹、汉人各用本字，渤海同汉人"。其时契丹字并用，故同年"十月甲寅朔，以御前管勾契丹文字李德固为参知政事"。直至金章宗明昌二年（1191）四月癸巳方才"谕有司，自（转下页）

言[1]，首先要求诸王习本朝语，但并没有成功，只有其孙完颜璟（后之金章宗）学得较好。更不能以女直语普及天下，因为治下的汉人比女真人多，至多如完颜璟只能做到判案时"遇汉人讼事以汉语讯之，有女直人讼事则以女直语讯之"而已。虽章宗坚持女直风俗，至明昌二年仍"制诸女直人不得以姓氏译为汉字"。但其时汉化速度并不放慢，而且章宗本人亦怕被称为蕃人[2]，力求同于汉人，在这种情况下，女直语自然要逐渐退出历史舞台。

（4）元初蒙古语认同的失败。《元史·世祖纪》："至元二十九年正月丙午，河南、福建行中书省臣请诏用汉语，有旨以蒙古语谕河南，汉语谕福建。"表明蒙古人统治中国后，意欲以蒙古语作为全国通用语，所以皇帝下诏都用蒙古语宣读，但很显然，这个做法行不通，北方受蒙元统治时间长一些，对蒙古语稍为熟悉，还勉强可以，南方则完全不行，占领南方十多年后，元廷不得不放弃在福建用蒙古语的企图，退而只求在河南使用。福建、河南在此恐怕是南方与北方的代表。关于蒙古语的北退，我们只看到

今女直字直译为汉字，国史院专写契丹字者罢之"。

　　1 《金史·世宗纪》载：大定二十七年十二月"戊子，禁女直人不得改称汉姓，学南人衣装，犯者抵罪"。

　　2 《金史·章宗纪》载：明昌二年六月"癸巳，禁称本朝人及本朝言语为'蕃'，违者杖之"。

这一条材料，可以想见，随着时间的推移，使用蒙古语的范围越来越向北方后退，终究全面放弃，在全国范围内都以汉语宣谕圣旨，以致不必再专门下旨以汉语谕河南了，史书上也因此再没有此类记载了。

（5）清代吸取历史上少数民族，尤其是女直人消亡的教训。坚持保持固有的衣冠制度与薙发风习，并以此同化汉人。虽然满语被定为国语，也在坚守固有文化传统的范围之中，但不能像衣冠制度那样长久保持，而是以相当快的速度萎缩下去。入关以前，清太宗就提出坚持国语的问题，但到雍正时期，连皇宫中的卫兵也以汉语相谐谑，所以清世宗三令五申，在宫中，在军营都要坚持使用满语。但一齐人习之，众楚人咻之，国语认同终归于失败。现实中全民的共通语是汉语官话而不是满语，清朝统治者不得不承认这个事实。而且为了提高南方非官话地区的官员的官话水平，雍正六年下谕要闽粤官员学会官话 [1]（这道上谕几乎为研

---

[1] 六年八月雍正谕内阁：凡官员有莅民之责，其语言必使人人共晓，然后可以通达民情，熟悉地方事宜，而办理无误。是以古者六书之制，必使谐声会意，娴习语音，皆所以成遒道之风，著同文之治也。朕每引见大小臣工，凡陈奏履历之时，惟有福建、广东两省之人仍系乡音，不可通晓。夫伊等以现登仕籍之人，经赴部演礼之后，其敷奏对扬尚有不可通晓之语，则赴任他省又安能于宣读训谕、审断词讼，皆历历清楚，使小民共知而共解乎？官民上下语言不通，必致吏胥从中代为传达，于是添饰假借，百弊丛生，而事理之（转下页）

究中国语言的所有西方汉学家所知），并期以八年成效。又令设立正音书院，让年青学子学习正音。翌年，福建全省除偏僻的屏南县外，各县均设立了正音书院。

被统治民族数量上的压倒优势，使得少数统治民族的"国语"无法实际上运作而成为全国的共通语。而且由于统治民族学习汉文化，不能不深谙以汉文表述的典籍，以至到后来，连统治民族本身也丢失了自己的民族语言。甚至于旗人的北京话成为所谓京片子的典范。

三　方言认同

1. 古代方言认同之例

中国疆域广袤，虽有通用的语言，然而与之并存的还有十分复杂的方言。如今山东地区在汉代就通行齐言。汉初在这一地区建立一个诸侯国——齐国，该诸侯王国的地域范围就是讲"齐

贻误者多矣。且此两省之人，其语言既皆不可通晓，不但伊等历任他省不能深悉下民之情，即伊等身为编氓，亦必不能明白官府之意，是上下之情捍格不通，其为不便实甚。但语音自幼习成，骤难改易，必其徐加训道，庶几历久可通，应令福建、广东两省督抚，转饬所属各府州县有司及教官遍为传示，多方教道，务期语言明白，使人通晓，不得仍前习为乡音，则伊等将来引见，殿陛奏对可得详明，而出仕地方，民情亦易于通达矣。特谕。

言"的民众的居住范围[1]。这是以方言认同来建立一个政治实体的例子。虽然历朝历代都有共通语存在，但汉语复杂方言的形势一直延续到今日。

方言认同还可以作为一种政治姿态。东晋南迁，必须依靠拉拢南方地主与士族，故王导也须学会一点吴语。《世说新语·排调》载："刘真长始见王丞相，时盛暑之月，丞相以腹熨弹棋局，曰：何乃淘！刘既出，人问见王公云何？刘曰：未见他异，唯闻作吴语耳。"王导以北人而作吴语，就是一种以方言认同为手段的政治姿态。由于汉语方言的复杂，以至于操不同方言者之间不可通话，所以方言的认同很重要，所谓老乡见老乡，两眼泪汪汪，其实就是乡音的认同所产生的感动。

2. 民系、族群与方言

所谓汉族的民系，有人或称族群，其实主要以方言来划分，因为其他标准，如风俗的差异在汉民族中不是那么明显突出（族群现在在台湾则另有不同的含义，暂不言及）。客家方言就是客家人的认同基础，所谓"宁卖祖宗田，不卖祖宗言"是也（据云闽南话亦有"宁卖厅，不卖声"之说）。在当今汉语方言认同中，

---

1 《汉书·齐悼惠王传》："齐悼惠王肥，……高祖六年立，食七十余城，诸民能齐言者皆与齐。"

客家方言认同是表现得最强烈的。因为其他方言都与地域有一定关系，或在闽而为闽语，在粤而为粤语，在吴而为吴语，在湘而为湘语，在赣而为赣语，虽然闽语溢出福建，而吴语跨有吴越，而粤、湘、赣皆不及全省，但都各有一行政区作基础，独客家语是产生于三省交界地区的方言，与人群关系比依地域背景更为显著，所以客家方言的认同于族群的认同更有突出的意义。

3. 海外汉语方言的认同

认同的反面就是拒斥，以及由拒斥而产生的分裂。但方言认同在国内并没有产生严重的分裂行为，也就是说晚近以来，几乎没有什么政治实体是以方言认同为基础的。但在海外，却产生"操相同方言的中国人一面组成各类团体，而又一面拒斥别种方言的华人参加这种团体"的现象[1]。

四　共通语认同

1. 共通语的概念

中国自古以来就有共通语的概念存在。在先秦，雅言是中原地区标准的共通语，以与夷语相对照[2]。秦代第一次在中国广袤的

1　见麦留芳《方言群认同》，中央研究院民族学研究所出版，1985 年。
2　《论语·述而》："子所雅言，诗书执礼，皆雅言也。"

土地上实现了统一，随后的汉代则是中国历史上第一个长期稳定的大帝国，共通语的概念在全国的范围内逐渐形成。西汉后期扬雄所著《方言》里就出现了两种共通语的概念，一是"通语"、"四方通语"、"五方之通语"，这应该是全国性的共通语；另一是地方性的共通语，如"楚通语"、"秦晋之通语"、"南楚以外通语"等。"通语"的说法在三国时期仍然存在[1]。

到了南北朝时代，由于少数民族入主中原，并在北方建立了较长时期延续的国家，于是相对于少数民族语言，尤其是鲜卑语，就产生了"华言"（有时用"华语"）与"汉语"的概念，这就是汉民族共通语的概念。这种共通语有南北两个中心。《颜氏家训·音辞》："自兹厥后，音韵锋出，各有土风，递相非笑（按：方言之间的不相认同）。指马之喻，不知孰是。共以帝王都邑，参校方俗，考核古今，为之折衷，权而量之，独金陵与洛下耳。"时洛阳做首都时间尚不长，远比西安为短，但因是当时政治中心，故语言有崇高地位。三国吴与东晋南朝首都在金陵，自然以之为标准。

---

1 吴陆玑《毛诗草木鸟兽虫鱼疏》释"集于苞栩"句云："栩，今柞栎也。徐州谓栎为杼，或谓之为栩。其子为皂，或言皂斗。其壳为汁，可以染皂。今京洛及河内多言杼斗，或言橡斗。谓栎为杼，五方通语也。"甚至到了晚清，还有"通话"这样的说法存在，那大概指的是官话。

到了元代，这种共通语被称为天下通语。明代，另一种共通语的概念出现，这就是"官话"。官是公共的意思。如果说，华言、汉语的概念是包括了口头与书面的语言，那么官话的概念主要是用在口头语方面[1]。

但一直到清代，共通语的标准音亦尚未确立。清人莎彝尊在《正音咀华·十问》（刊于 1853 年）中说："何为正音？答曰：遵依钦定《字典》、《音韵阐微》之字音即正音也。何为南音？答曰：古在江南省建都，即以江南省话为南音。何为北音？答曰：今在北燕建都，即以北京城话为北音。"此处有正音、南音、北音三种并立，虽皆为共通语，但略有差异也。对于正音、南音与北音的关系，近十年来的研究大有进展，但还有新发现的许多资料尚未充分利用，今后一段时间当是深化这一研究的时期。

由于汉语方言的极度复杂，因此在书面语方面更容易表现出共通语的特征，而在日常的口语或曰白话中，方言的势力一直很强大，官话并不能无阻碍地通行民间。所以一直到清末，白话的

1　先秦秦汉时期言文比较一致，这从今天一些方言地区的词语中可以看出，此后言文分离的现状越来越严重，到明代以后言文已经不一致了，这恐怕也是官话概念产生的背景之一。参见拙文《古代文言与白话相去不远》，载《文汇报》2002 年 4 月 20 日学林版。

共通语状态还很不乐观[1]，这就是后来国语运动产生的背景。

2. 清末民国时期的国语运动

明朝以后口语方面的共通语是官话，官话的标准语最初是南京语音，这由利玛窦等人所编第一部葡萄牙语—汉语对照词典可以看出[2]。到十九世纪中期以后，北京语音慢慢占了上风，于是官话认同就成了以北京音为基础的官话认同。清末民国时期的国语运动提出"言文一致"和"国语统一"两大口号。"言文一致"指书面语不用古代文言，改用现代白话。"国语统一"是现代白话要以北京话为全国通用的国语。事实上，这个运动的最大功用是将民族共通语确定为北京话。而在此之前，南京话虽已被北京话代替，但并未正式定为国语。也就是说从习惯上的共通语变成官定的共通语。这是一种全国性的认同，尤其是在五族共和以后，更是如此。1913 年读音统一会用投票方式议定了"国音"标准，1919 年出版《国音字典》初印本。这种标准音习惯上称之为"老国音"，混合南北语音的特点，各界对此议论颇多，主张改为以

1　这点由光绪三十一年叶懋宣所著《数学教科书》可以看出，该书的绪言云："笔算数学悉用白话，命意本善，惟其中间以燕人土语吴越之士，扞格实甚，故本书以浅明文言成之。"

2　参见杨福绵《罗明坚、利玛窦葡汉辞典所记录的明代官话》，载《中国语言学报》第五辑，商务印书馆，1995 年。

北京语音为标准音。1923 年国语统一筹备会成立"国音字典增修委员会"，决定采用北京语音标准，称之为"新国音"，推行全国。这是由国语的认同发展到标准音的认同[1]。

这一认同过程与方言认同有所交叉。按理说，官话本来也是一种方言，但是经过数百年的发展，已成为讲的人最多，懂的人也最多的一种方言。而汉语的南方方言流行地域较狭，使用人数较少，不可能成为通用语或通用语的基础。但官话内部也有语音与词汇的分歧，尤其是北京音与南京音的区别。而至少在十九世纪七十年代以前，南京土白（即南京官话）是被认为最动听的方言[2]。所以一开始并不是所有人都赞同用北京音的，以至老国音的

1　国语运动还有如下的细节：京师大学堂总教习吴汝纶 1902 年赴日考察学政，注意到日本推行国语的成绩，遂主张推行以"京话"（北京话）为标准的国语。1909 年，清政府资政院开会，议员江谦提出把"官话"正名为"国语"，设立"国语编查委员会"，负责编订研究事宜。1911 年学部召开"中央教育会议"，通过《统一国语办法案》，决议在京城成立国语调查总会，各省设分会，进行语词、语法、音韵的调查，审定"国语"标准，编辑国语课本、国语辞典和方言对照表等。1912 年民国成立，召开临时教育会议，决定先从统一汉字的读音做起，召开"读音统一会"。1913 年"读音统一会"议定了汉字的国定读音（即"国音"）和拼切国音的字母"注音字母"（也叫"国音字母"）。

2　1872 年《申报》连载《别琴竹枝词》，内中有一句话为"南京土白更堪夸"。

确定是逐个音节表决的，结果混合了南北语音的特征[1]。后来这一方案因不切实际，因为不但南方人要学习北方语音，而且北方有一大批人也要重新学习南方特有的音节。因此最终还是采用单一的北京音为标准为合理。此外，还有一个小插曲是，有的方言如粤语还想争取到国语的地位，结果未能成功。

国语运动五十年代以后，在台湾地区有特别的强化。

3. 中华人民共和国普通话的推广

这是国语运动的延伸。使原来普及还不够彻底的共通语进一步推广到乡村及边远地区，推广到方言地区。使共通语认同更加深化。这一运动取得相当大的成功。

4. 以方言认同代替共通语认同决不可行

虽然任何一种共通语都是以某种方言为基础的，但一百多年来，已经形成的共通语无法用任何一种方言来替代。如果用某种方言，一方面这是以偏概全，一方面是现代的词汇尤其是科技词汇已经用共通语来表示，方言已无法承载共通语的作用。

五　提倡双语：方言、民族语言与共通语并存

1. 共通语认同有利于提高全民族文化水平与科技及经济发展

1　即以 411 个北京音节，还要加上 66 个分尖团的，含入声的音节。

水平，因此推广普通话仍然是重要的方针。

2. 提倡双语有利于保持传统文化与地方文化特色。

方言不只是交流工具，而且是文化载体。方言的萎缩即是一方文化的褪色。因此保持方言、民族语言与共通语的并存有利于保持文化的多样性。在推广普通话的同时也应让方言有一定的表达空间。方言不只是应用于一方土地，还能丰富共通语的色彩，如粤语的打的、买单、搞掂、高企与烂尾楼等词语已经进入共通语语汇，并且有所发展，如搞掂变成搞定，又引申出"搞不定"一词来。

皇帝属鸡，不准倒提

西洋人讲星座，中国人信生肖。过去已有，于今为烈。八零后比他们的父母辈还要迷信，生孩子要挑生肖年份，还要兼顾星座月日，真是闹腾得慌。生肖虽然自古以来就有，但过去似乎没有今天的忌讳多，不过古代有两个皇帝的生肖倒也闹出了一点小笑话。

元朝延祐年间，曾经在首都实行过一道禁令，就是不许倒提着鸡，如若不听此令，则属犯罪。中国人也颇奇怪，对不同的动物有不同的拎法。如鸭子是提着翅膀的，而鸡一路来都是倒提着双脚的。看来至迟在元朝的时候就是如此了，从来没有人想到这样提着，鸡会不会难受。但凑巧元仁宗是乙酉年所生，生肖属鸡，所以就有不准倒提着鸡的禁令出现，不知是皇帝一时心血来潮，还是某个大臣的拍马奉迎提案。总之，这是真发生过的事。但大概只行于一时，也只行于一地，并不影响溥天之下所有的百姓。不过在数百年后，这一不准倒提鸡的禁令又再一次出现，这次是发生在上海的租界里。西洋人以为这样做有虐待动物之嫌，为此加以禁止，让普通老百姓哂笑了好一阵子。

另一个笑话则发生在更早的宋朝，那就明白的是马屁精所为了。北宋崇宁初年，大臣范致虚上言，今上皇帝（按：即道君皇帝宋徽宗，这是一名才艺皇帝，除了不懂怎么做皇帝以外，琴棋书画无一不精，更加连足球都踢得好）的本命年是在戌年，属狗，现在京师开封有以屠狗为业者，宜行禁止。大臣迷糊，皇帝也跟着糊涂，不但禁首都不准杀狗，甚至将禁令扩展到全国。但这样做，以屠狗为业的人肯定不干。中国人吃狗肉，即使从汉代有樊哙辈屠狗专业户算起，到崇宁间好歹也有一千多年了，哪能说禁就禁的，于是为了羁縻屠狗专业户，发下赏钱至两万贯之多。国帑流失倒还在其次，这一举动倒是引起太学生的不满了。从来知识分子难搞，比老百姓尤甚。有太学生就放出话来说，目前的朝廷事事都讲按熙丰年间的既定方针办，但是年号熙宁、元丰的神宗皇帝虽然属鼠，当时并没有禁止养猫呀！讨厌吧？多读了两年书，这说出来的风凉话比当面反对还难听。大概这不准屠狗的事后来也只好不了了之了。

标识与系鞋带

　　去年下台的日本首相麻生太郎常被日本人笑话，因为经常读错汉字。因而还连累常读错汉字的小学生，他们被人笑称为小太郎。但平心而论，日本人读汉字实在难于中国人。一个汉字在日本常常有不止一个读音，在不同的词组里要用不同的读音，读错了就被看成没有知识。就以"京"字为例来说，在中国的普通话里，这个字只有一个读音，就是 jing。无论你说北京还是说京城，用的都是同一个音。但在日本可就难了，在读"京都"或"东京"时，"京"用的音是 kyo（きょう），所以京都与东京读成Kyoto 与 Tokyo。在读"京畿"一词时，却要读成 keiki，这里的"京"读为 kei（けい）。而在读中国城市南京时就要读为 kin（きん），即 nankin。多难啊，岂不是一不小心就会读错？但其实不会的，一般的日本学生从小就会分辨在不同的地方读不同的音，已成为习惯了。分辨不了就是小太郎了。

"京"字这样的三个读音还只是音读，亦即是从中国原来汉字不同时期的读音照搬过来的（当然也要发生不同语言间发音的相应变异，这里不去详谈），读成 kyo 的音最古，其次 kei，最后是 kin。可是在中国本土，前面两种音现在只存在于方言里，如 kyo 就与今天的闽南话"京"（giã）同源，在今天的普通话里已经不见。对官话方言区的学生而言，他们从小读"京"字就只有一个音。但对闽南方言区的学生来说，他们从小也就会分别在方言里与在普通话里，"京"的读音是不同的，他们要多记一个读音。但这种分别也是很自然的，不费什么劲，从小就会了的，正与日本人在不同的场合读同一个汉字要用不同的读法一样自然。自然不等于不难，只是这个难度在从小到大时就慢慢解决了。但日本汉字除了音读以外还有训读，也就是日本原来就有的事物，他们已经有固有的读音，在接受汉字以后，就将这个汉字读成他们原有的读音。如"猫"的训读就叫做 neko（ねこ）。所以在日本，汉字的读音的确是相当难，尤其是人名与地名，有时还有特殊的读法，有时会看到日本人拿到同胞的名片时还要请教"读方"，即如何发音。

回过头来看我们中国人自己读汉字就实在是很轻松了。一字多音的现象是有，但实在是不算多，而且许多人已经逐渐将一字多音自动改成一字一音了。例如"标识"应该读成 biaozhi（其实就等于"标志"），但现在连五六十岁的人都读成 biaoshi，更不要说年轻人了。"系鞋带"的"系"应该读成 ji，但不少人都读成 xi 了。所以我以为，对照起接受汉字文化而且还能保持一字多音读法（当然多音的原因有所不同）的东瀛邻邦来，我们恐怕也还要继续保持应该有的一字多音状态，不要将丰富的语言变得过于单调了。

"几何"不是 Geo- 的音译

许多人误以为几何学的"几何"二字是拉丁文 geometria 的字头 geo- 的汉语音译，甚而认为是上海话的音译，因为《几何原本》是上海人徐光启与意大利人利玛窦的译作。这实在是一种想当然的误解，我在《翻译几何原本的文化史意义》一文中，已经顺便提到，在复旦大学的某次学术会议上也已经提及，但最近《徐光启全集》出版，仍然有人重复误说，所以觉得还有必要在这里专门提一下。

利玛窦想把《几何原本》翻译成中文是由来已久的想法，这是他科学传教工作中的重要一环。因为他知道中国是一个有伟大文化传统的国家，中国人尤其是中国士人不会轻易相信外来的宗教，必须拿点西方特有而中国所无的过硬东西，才能让中国人信服西方也有高深文化，进而信服西方的宗教也自然会有其优长之处。于是他就想到了欧几里得的《原本》（EUCLIDIS ELEMENTORVM），因为这其中的几何学内容是中国传统学问所缺乏的。但是正因为中国文化中缺乏几何学，所以翻译起来十分困难，"三进三止"。到第三次与徐光启合译，才算成功。但也只翻译了原著的前六卷而已，而这六卷的内容恰恰就是今天我们"平面几何学"的内容。误会由此产生。

欧几里得的原书的名称是 *Elementorum*，如果直译只是"原本"即可。徐光启译做《几何原本》，"几何"两字是加上去的。欧几里得《原本》有十三卷之多，讨论的是数学方面所有的基本问题。所以徐光启将中国人表示对"数"的设问之词"几何"加在"原本"前面，正是很好地体现了《原本》的精神所在。这里的"几何"代表的是所有的"度数之学"，亦即数量方面的算学与形体方面的形学，并不单是今天的"几何学"的狭义。不巧的是徐光启译到《原本》前六卷时，利玛窦就认为这些知识对中国人已经够用，不再翻译下去（或者说，利氏之目的已经达到，徐光启因此而对西方文化有仰慕之感，我怀疑甚至因此成了徐入教的动因之一）。而这六卷恰好是今天平面几何学的内容，后人因此就误会《原本》所讲的只是"几何学"，而且更误以为"几何"二字是音义俱佳的译语。

国人普遍还有一种误会，以为中国一直存在有几何学，因为中国人不是一直会计算面积体积吗？但不知道计算面积体积并不等于有几何学原理。用算学技巧就能计算面积体积，这不但在中国，在东方许多民族里都是存在的。几何学是一整套公理与定理的体系，不是专讲致用的中国人的思维强项，倒是专心致志于做无用学问的希腊人的发明。所以晚清来华的基督教新教传教士一度将 geometry 译作形学，其实是更为上乘的翻译。只是国人已经习惯于"几何"一语了，"形学"流行不久就消弭于无形了。古代中国人在算学方面极为先进，这从出土的汉代《算数书》可见一斑。绵延至于宋元时代，依然处于世界前列。但在形学方面，却是一个缺失，这也无可讳言。我们的文化不能样样独领风骚，正像西方文化不能样样超越东方一样。物之必然，理之所在。也因此才有东西方文化交流之必要。何况时至于今，文化虚无与文化自傲都已经越来越没有市场了呢。

《澳门番语杂字全本》简介
—— 兼及其与《澳译》之关系

　　混合语（pidgins 与 creoles）的研究是语言学领域的一个重要课题，有针对语言接触的专门研究。其实在历史学方面，对此问题也应该重视，因为它反映了一定历史时期不同民族的接触样态。对于混合语的定名在中国还没有取得一致，或以译名称为皮钦语与克里奥尔语，或将皮钦语称为洋泾浜语言。对于在中国发生的洋泾浜语言，研究得较多的自然是洋泾浜英语，这一语言的学术定称为 Chinese Pidgin English（CPE）。因为英语是大语种，所以有此定名，至于中葡混合语，则有土生葡语、洋泾浜葡语、广东葡语、中葡混合语等多种称呼，尚未有定称。如果从原生态面貌出发的话，澳门番语之称颇为适当，因为有现存文献证明这是澳门当地及附近地区对之曾有过的真实称呼。不过为了明白并与广东番话的性质相区别，且与产生于其他地区的葡萄牙语与其他语言的混合语相区分，称之为澳门葡语，我以为最为合适。这种称呼可以表明这一种葡语产生于澳门，与产生于卧亚的不同，与产生于马来地区的不同，等等。

混合语的出现最难确定具体的年份，但应该说由于实际需要的迫切，例如贸易的进行，就使得操不同语言的人从最初的比划开始，要互相期期艾艾地学习对方的语言。从个别的单词到成百的词组，再附以简单的语法，只要交流频繁，十数年之内大约也就初具雏形了。而在两百年后的十八世纪中期，早已形成一种正式流行的中葡混合语，于是澳门同知在编写《澳门记略》时，就能根据流行于澳门的这种混合语，记录下来一份称为《澳译》的词汇表，让我们从这些汉字记音的词语里推测当时流行的中葡混合语的大致面貌。除了这一份人人皆知的《澳译》外，实际上还存在着坊间所刊刻的洋泾浜葡语的教材。需要必然催生市场。想要吃贸易饭的人必然要学习洋泾浜葡语，也就有人会将最简单的这一混合语的词汇刻印成书以牟利。但是，由于后来英国人取代了葡萄牙人在东方的贸易地位，洋泾浜英语在十八世纪以后逐渐大行其道，因此现在存世的洋泾浜英语的教材还有多种。但洋泾浜葡萄牙语的坊间刻本过去却少有人提到。

最早明确提到见过洋泾浜葡萄牙语教本的似乎是卫三畏

（Samuel Williams Wells，1812—1884，1833 年来华），卫氏在 1837 年 10 月一期的《中国丛报》（*Chinese Repository*）刊载了一篇文章，文章没有标题，而以两本奇特的词汇集的名称作为提要。其中一本是 *Gaoumun fan yu tsa tsze tesuen taou, or A complete collection of the miscellaneous words used in the foreign language of Macao*，推测其中文名或为《澳门番语杂字全套》，有 34 页，包括有 1200 个词语。另一本则是《红毛买卖通用鬼话》，只有不到 400 个语词。两本书都印于广州附近的佛山。

笔者不久前有幸得到一套藏于德国图书馆的极其珍贵的《澳门番语杂字全本》（以下简称《澳门番语》），其名称与卫氏提到的《澳门番语杂字全套》略有不同。以《澳门番语》与《澳译》相比，有同有异。相异的地方，首先是后者分量要少得多，一共收录了 395 条词语，不到《澳门番语》的一半。其次，《澳译》的分类不但要简单一些，只有天地类、人物类、衣食类、器数类与通用类共五类，而且这个分类并不合理，因为它把身体类、动物类、部分食品类与物品类都归入人物类中。《澳门纪略》的署名编纂者是印光任与张汝霖，他们是有知识的官员，不至于连词语的分类都弄不清楚，所以我们只能推测，此《澳译》只是一份既有材料的照录而已。或者可以说，《澳译》并非第一份洋泾浜葡语的记录，而只是我们今天所能看到的第一份而已。

因为《澳门记略》的出版距葡萄牙人占据澳门已经过去两百年，中葡混合语已经十分成熟，应该早就有人用汉语记下葡萄牙语的语词以供需要者利用，这种记录，或以抄本出现，或以刻本出现，应该早于《澳译》，而且《澳译》里的记音，错字不少，也证明是多次传钞或翻刻所致。由于在词语数量方面，《澳门番语》要多于《澳译》，因而在分类方面，前者也比后者要合理。因此《澳门番语》所依据的祖本也必定要早于《澳译》、全于《澳译》。

《澳门记略》里的《澳译》充其量只是一种中葡混合语的记录简本，而且是传钞的简本，决非印光任、张汝霖直接记音的原始记录，此可断言也。且普通常用语，尤其是贸易中必不可少的词，如新、旧、多、少、大、小、轻、重、长、短、方、圆、阔、窄、软、硬、我、他等等，《澳译》中竟然没有。而且《澳译》中的词组甚少，即在通用门中，亦无实用词组，因此似可推测此一中葡混合语的记录本必有缺失存在，或竟是一个残本。

但《澳译》与《澳门番语》也有相同的地方。细加比较，《澳门番语》的天地门与《澳译》的天地类几近一样，词语的排列次序与记音用字也雷同，可见两者有密切的关系，只是前者共有95个词，比后者多出了12个。《澳门番语》与《澳译》的第二类都是人物类，以前者而言，从"皇帝"到"贼"的46个词语的排列顺序与后者相同，只是后者少了 5 个词。人物类的后面部分及其他门类，主要是分类的差异与排列顺序而引起的不同。至于词语，应该可以说，凡是《澳译》有的词,《澳门番语》均有，后者所无者必在残缺的部分里。

《澳门番语》与《澳译》这两份材料应该有共同的文献来源。但因为采用者思路不同，所以有不同的表现形式。《澳译》作为官方的出版物，只要交代存在着与汉语相异的西洋语言就够了，举一些代表性的词语即可说明问题。而对于实用性极强的《澳门番语》而言，言语通用门与买卖对话门里的短语与对话极具实用价值，为必不可少。好在《澳门番语》此书虽已残缺，但这两个门类却保留住了，让我们得以看到当时操中葡两种不同语言人群的交谈实况，极其珍贵。

由于从十八世纪以后，英国人的东方贸易逐渐取代了葡萄牙的地位，中英混合语，即广东番话或曰广东英语也就逐渐出现于以广州为中心的广东沿海地区，先是与澳门葡语两者并用，后来则是逐渐取代。但既是十九世纪三十年代卫三畏还看到《澳门番语》的刻本，现在则还有五桂堂刻本存世，那么或许证明其时澳门葡语还没有完全退出历史舞台。但澳门葡语既出现于前，则必定要对其后的广东英语发生影响。最主要的影响在于澳门葡语常用词汇在广东英语里继续被沿用，如 Saber（知道）以 savvy（或

Sabbee）的形式被袭用，而不用英文的 know 这个词；在广东英语里沿用的词还有"和尚"曰"吧地利"，"神"曰 Joss，官员曰 Mandarin 等等，都是受了澳门葡语的影响。由于广东英语里混有澳门葡语的词语，所以到后来，不懂葡语的英语或汉语使用者对于洋泾浜英语个别词的词源就有点弄不清。比如洋泾浜英语里的 lalilung（盗贼）一语，英国人以为是汉语词源，而中国人却以为是英语词源，其实这个词就是《澳译》与《澳门番语》里都有的喇打令（Ladrão）。

美利坚合众＋国，还是合＋众国？

　　这个问题恐怕谁也没有去想过，尽管"合众国"这个词我们已经用了一百多年了。但有一个日本年青学者千叶谦悟却将它作成了一篇文章：《The United States と"合衆國"》。千叶先生否定了前人以为"合众"一词具有共和制的意味，而认为"合众国"应是联邦制的意思。进一步他还根据十九世纪前期，美国传教士所办的英文刊物《中国丛报》里对美国国名的解释，而断言"合众国"是合＋众国的意思。这一看法并没有得到多少人的同意。在今天的中国人看来，合众国是当一个词来读的，如果非要分开其意思的话，十有八九会认为"合众"是一个词，"国"是一个词，这才符合汉字词语的组词习惯，一定不会有人认为"众国"是一个词，然后前头再加上一个"合"字的。

不但如此，即在清末，就连外国人也是这么理解的。千叶先生引英国传教士李提摩太的《三十一国志要》说："西历一千七百七十六年，北美洲十余省之民同时起事。且传檄四方谓：吾侪立意自成一国，不甘受人箝制，应名我新国为合众国，言合众人之力成此国也。一切政事皆由民主。"李提摩太显然是将合众国读成"合众"＋"国"了。千叶该文的考证很严密，很有道理。我非常赞同。但我一直在想，这个误会已经很长时间了，如果还能发现更直截了当的证据就好了。恰巧四年前的秋天到美国驻华大使馆文化处看美国政府解密档案，发现在中美来往照会集中有一份文件的附页极有意思，正好可以证明千叶先生的看法是完全正确的。

此附页是一封信，由美国公使卫廉士写给直隶总督谭（廷襄），全文如下：

致直隶总督谭遣委员边、张询问国玺事

谨启者：泰西国中，各有所尚，本国之用神鹰，仿佛中华之以龙也。鹰爪下一握箭矢以表战，一握榄枝以表和。鹰口啣带，其上之字乃以众国立为一国之意，鹰上小星，以表所合各国之数。

大伯理玺天德，为诸国公举　元首，所用之玺，非合众

国中他国所敢用，故曰国玺。意谓合众国立为一国之 御玺
也。专此并颂升祺。

名具另片 四月廿四日

卫廉士

　　此信未具年份，但查《清代职官年表》，可知晚清谭姓任直
隶总督者唯谭廷襄一人。谭署直隶总督是咸丰六年十二月（1857
年 1 月），实授则在咸丰八年三月十三日（1858，4，26）。卫
廉士即美国驻华公使馆头等参赞兼翻译 Samuel Wells Williams，
汉名亦作卫三畏。如果从正式公文的角度看，此信正式称呼谭
为直隶总督，应该要在实授之后，故此信落款的时间也许是咸
丰八年的四月廿四日（1858，6，2），而不是公元月日。当然
也有可能西洋人不那么讲究，并不分别署理与实授的差别。此
时正是英法联军进攻天津的吃紧时机，咸丰皇帝想要谭廷襄羁
縻美国，不使其助英法为虐。而卫廉士正随美国公使列卫廉
（W.Reed）与谭廷襄周旋。大约正是在这种情况下，谭遣人问
美国国玺的含义。卫廉士在信中详细阐明了国玺图案每个细节
所表示的意思。鹰口所啣之带，其上实即 The United States of
America 一行字，卫廉士信中明白无误地说明这些字"乃以众国
合为一国"，说明"合众国"的意思的确是合＋众国。正为千叶

先生的文章作一注脚也。

　　《中美往来照会集》已由广西师范大学出版社出版成书，其中有大量此前我们所未见过的珍贵史料，此信不过其一小例而已。

学堂新学校旧

　　学堂这个词现在已经不用，现在用的是学校，所以我们很自然地认为学堂是一个旧词，而学校应当是一个新词。而且旧时电影里的歌曲："小呀嘛小儿郎，背着书包上学堂。"大家都耳熟能详，也认为这是过去的用语了。如果再到清华大学里头一看，还有一座今天已不算宏伟的楼房，上面有"清华学堂"四个大字，也会增加学堂老而学校新的感觉。但细究之下，却应是学校旧而学堂新。

　　"学"字本有好几个释义，不去细说，有一个重要的意义相当于今天"学校"的意思。《礼记·学记》里说："古之教者，家有塾，党有庠，术有序，国有学。"可见塾、庠、序、学是不同范围里的类似今天各级学校的称呼。私塾直到民国时候才完全废掉，而庠、序似乎很少看见实质的记载。只有学，是各级政府办的正规学校，县有县学，府有府学。另外，《孟子》里又说："设为庠、序、学、校以教之。"似乎先秦的时候，学与校还有一点差别。但到汉代扬雄的《百官箴》里就说："国有学校，侯有泮宫。"已经将学与校合在一起成词了，而且是国家一级的学习机构。这一概念一直延续下去，所以宋朝欧阳修《议学状》也说："夫建学校以养贤，论材德而取士，此皆有国之本务。"不过在实际上，单独的"学"的使用比"校"要普遍。

学堂的出现则较晚，《水经·江水注》里有这样的文字："始文翁为蜀守，立讲堂作石室于南城。永初后，学堂遇火，后守更增二石室。"前为讲堂，后作学堂，似乎学堂一词新出，所以用法比较随意，与学校的严格用法不同。唐以后，学堂用得多起来了，韩愈《秋怀》一首云："学堂日无事，驱马适所愿。"但比起学校来，学堂应该说不是很正式，也不是用得很普遍的词语，学校才是更正式的名称。所以到了清末维新，为了表示与旧式纯粹为了科举而设立的各级学校，即县学、府学等的差异，将新设立的为了培养人才的学校称为学堂。因而清末民初的人看学堂完全是新生事物。

但时过境迁，数十年过去，人们又以为学堂是老的了，反以为更新式的学习机构是学校了。学堂一词在今天的普通话里已经基本上不用了，只有方言里还用，上海话、厦门话都还保留有"到学堂去了"或"去学堂了"这样的说法。还要附带说一下的是实际上"学校"一词虽然我们常用，但在学校的名称上我们多用单名"学"字，如某某大学某某中学之类，只有在少数的某某专科学校是才会学校两字全用。但清末民初的时候，学堂两字却全用在名称上的，都叫做某某小学堂某某中学堂的。现在一般学校名称既只用一个学字，那就与另外的相关称呼又有矛盾了，譬如各级学校的校长为什么不叫学长，而叫校长？这是不是暗含着某某中学实际上是某某中学校的简称？日本的大学校长就不称校长，而称作学长，大约就是考虑到既称大学，与之相配的领导不应该是校长。

江南江北江东江西

有时候很熟悉的地区或地域的名称，我们会想当然认为自古以来就是这样叫的。例如江南一词，没有人会怀疑就是指现在江苏长江以南，以及上海甚至延伸到浙北一带。这个地区很长时间以来就是中国最为发达最为繁华的地区，所以才会有塞上江南这样的比喻出现。但这一地区在两千年前却不叫江南，而称作江东，这一点只要书看多了的人都知道。但是另一方面，即当时的江南指什么地方，不一定有太多的人知道。

先秦秦汉三国西晋时期，江南大致指的是今湖南地区，兼及今江西。《史记·五帝本纪》载：舜帝"葬于江南九疑"，就是今湖南南部九嶷山。《秦本纪》说："蜀守若伐取巫郡及江南为黔中郡。"这个江南也在湖南范围内。《货殖列传》所谓"江南豫章、长沙……"云云，则指今江西与湖南。直到三国时代仍然如此称呼，《三国志·魏志》记赤壁之战很简单："（曹）公至赤壁，与备战，不利，于是大疫，吏士多死者，乃引军还，备遂有荆州江南诸郡。"当时荆州地跨长江中游南北，刘备在赤壁战后，遂占有长江以南的荆州部分。所以古代长时期以来，江南指的是长江中游以南地区，下游不与焉。

长江下游以南，古代称为江东，这一点是常识，不必多说。"至今思项羽，不肯过江东"的诗句尽人皆知。战国时，春申君请楚王改封于江东，也是在今苏州为中心的今江南地区。三国以前这个地区称为江南的载籍仅一见，即《史记·周勃世家》云："吴王濞弃其军而与壮士数千人亡走，保于江南丹徒。"这大概是因为吴王濞是从今扬州（当时是吴国首都广陵）直下镇江一带，是直向南渡江而走，故称江南。而通常从北方到今江南是通过今安徽渡江到今南京一带的。而南京至芜湖一段长江正是西南东北向，所以称今江南为江东顺理成章。这样说来，江东之对岸的今安徽北部岂不是要称江西了？一点不错。秦汉三国时期，江西就指今安徽北部（甚至江苏北部）及其以北地方，而不是今天的江西省。《项羽本纪》有"江西皆反，此亦天亡秦之时也"这样的话，说的就是长江以北地区都已经爆发起义了。

如果秦汉时江西是指江北，那么当时有江北一词吗？自然有。江北与江南相对存在，指的是长江中游以北地区。《史记·淮南衡山列传》载："庐江王边越，数使使相交，故徙为衡山王，王江北。"庐江王原来统治长江以南今江西地区，后来迁到江北的衡山国去，衡山地在今湖北安徽之交。《晋书·杜预传》："又因兵威，徙将士屯戍之家，以实江北南郡故地。"南郡在今湖北，是江北之地。

江南与江北从长江中游扩大到长江下游大概从东晋起，永嘉丧乱是一个转折点。其时大批移民自北方渡长江移往长江下游南部，即昔之所谓江东。许多人直接从广陵直下长江以南，于是从这一角度而言，可视江东为江南了。延至唐代，整个长江中下游以南地区被称为江南道，江南的指称范围正式扩大。后又分江南道为江南东道与江南西道，今天的江西即江南西道之简称。唐后期，湖南名称出现，即指今湖南地区（但无湘西）。于是此后江南名称乃不包括长江中游而移至长江下游了。

说 "潘"

　　中国凡水旁之字，多半是河流的名字，即使如潘阳之潘（现已简写成沈），一般人总不会以为有潘水吧，但的确就有，是一条很小的河流，潘（沈）阳即位于其北面。那么如潘字呢？是不是有一条潘水呢？有的，而且不止一条。《汉书·地理志》载："余暨萧山，潘水所出，东入海。"可见这条潘水在今浙江。那么这个字是专用作河流的名字而存在的吗？也不是，潘字还有一个今天一般人都不大知道的意思。据《说文》，"潘，淅米汁也。"《一切经音义》又进一步引申为"江北名泔，江南名潘也。"也就是说，今天通称作淘米水、米泔水的，在唐代的江南地区是称为潘的，在江北才叫做泔。换言之，潘就是米泔水。这个意思好像还不止是在江南，因为东周时期，死人在招魂之礼进行完毕之后，还要进行浴尸，浴尸用的是煮沸了的潘，即煮沸的淘米水。由此可见，通行于江南的潘，有时也不单用在江南，因为东周时期，江南还是未开发地区，礼数没有中原地区周全的。

但时至今日，米泔水已成通语，潘字一般人只知道作姓用，没有人知道潘作为淘米水的意思了。那么潘字的这个意思是不是完全消失无踪了呢？也不是。今天闽南语里仍称淘米水为潘，只是音不作潘，而作 pun，福州话、海南话也近似。而有意思的是作为姓氏用的"潘"字的读法，在闽南却与作米泔水意义的"潘"不同音，前者要读如 puã。也许是因为作米泔水用的潘字作姓用，如果同音有点尴尬，所以有别读出现？

潘今既读潘，有重唇音的意思，那么其音符"番"也应该是重唇音才对，何以今天却读为轻唇音 fan？大家知道古无轻唇音，早由清代乾嘉学者钱大昕所指出并证实。但后来读重唇音的一部分字变成了轻唇音，一部分仍不变。番字就是变的那部分字之一，而以番字为音符的字有些却反而不变，让我们得以知道原来番字不读轻唇音。这不但从潘字的读法可见，而且从播种的播、吐蕃的蕃也可以知道（虽然今天潘与播的声母有别）。蕃字读音应如播，而不是番。英文称西藏为 Tibet，追根溯源则来自唐代时的吐蕃。

其实今天的番字，也还有读重唇音的，只是保留在地名里，因为地名一般相当稳定，甚至成为语言化石，不大随时代变化而变化的。广州人就读"番禺"为panyu，这是从上古以来的读法。番禺县早到秦代就有，是今天广州的前身（今为广州的一区），其音读也流传至今。不过我怀疑这个读法是否能永远保持下去，在上海，番禺路早就成了fanyu路了。也许在广州，要是年轻人不愿意多记这种多音字，或者外地人多了，也会变pan为fan的。因为毕竟在广州，除了番禺以外，番字也都读fan的，如清末西洋人都知道的"番鬼"就是。

"冥诞""冥寿"何以不用?

最近听说 80 后新人的迷信程度远胜于六七十老头老太,颇感惊异。其他不说,就为子女取名都要缺什么补什么,而且土洋结合,五行与星座兼顾:若儿子所属某星座太过阴柔,则取名时必有一字是木字偏旁的。后来再一想,好像人类越文明,也不见得就越不迷信或越不忌讳。就用字这一方面说,我就注意到有两个词在中国大陆的报章杂志上已经完全消失,那就是冥诞与冥寿。现在我们看到新闻报道说纪念某某人诞辰 100 周年,自然就知道此人已经去世,如果在世是 100 岁了,这是因为其中有"纪念"二字,而且还因为人活百岁极为罕见,不会是庆祝活人的生日的。

"诞辰"二字就是俗话"生日"的意思,日语则称之为"诞生日",正在雅俗之间。现在有人称生子为诞子者,想来就是为了雅化吧，但读起来却拗口。过去诞辰只用于生人，并不用于死者。死去的先人的生日叫做"冥诞"或"冥寿"。但不知缘何，这两个词在今天大陆的文字里已经彻底消失。这样一来，如果我们看到某某八十诞辰图片展览，就无法判断该某某是在世或者已经往生了。因为八十现在已经是许多常人的年纪，算不上什么稀罕事了。如果看到某某诞辰百年画册的话，那一般会以为是对死者的纪念。但这样的认为很冒险，因为百岁的名人现在已经不是孤例，为其出图册或画传很是正常。

由于这两个词的消失竟还引起了误解，甚至连教科书都搞错。从网上看到有人说，在《义务教育课程标准实验教科书·语文》（人民教育出版社，2003 年 6 月第 1 版）九年级上册第 6 课《纪念伏尔泰逝世一百周年的演说》中，编辑在课文前面的一段说明性文字里写道："1778 年'教导人们走向自由'的'法兰西思想之王'伏尔泰与世长辞了。一百年后，另一位伟大的人道主义斗士——维克多·雨果站在纪念伏尔泰百年冥诞的讲坛上，发表了这篇激情澎湃的演讲。"这位编辑就将一个人的生日与死期完全混淆了。作为教科书而出这种差错完全不应该。

我不明白为何冥诞与冥寿在大陆媒体上会完全消失，猜想恐怕还是忌讳这个"冥"字，以为有不祥的意思。时代在进步，不知何以禁忌竟在增加，回到本文开头的例子，甚至迷信也有蔓延的趋势。不过在港台，在新加坡的华文媒体里，冥诞与冥寿照旧使用，使人一目了然。大陆报刊如果有出现冥诞冥寿字样的，则多是引用境外媒体的原文，或是照录老一代学者的文章。如果是自己的写作报道，则再无人使用了，由这两个词的消失，颇可见现代人的一种心态。

肉是菜，菜不是肉

　　在湖南工作时听过一个关于憨女婿的笑话。说一位女婿上岳丈家，岳丈摆了一桌好酒席，席上老丈人一路劝吃曰：吃菜。吃菜，不要光喝酒。女婿一听，觉得不对，怎么只劝我吃菜，不劝我吃肉，桌上有的是大鱼大肉呀。但总归不在自己家里，不敢多说，只拣桌上的蔬菜埋头吃去。回来后对着爹娘一肚子抱怨，说老岳父实在太小气了。这当然只是笑话。但是在汉语里，的确，菜在许多场合下是包括鱼肉鸡鸭在内的，当然蔬菜也在其中。而倒过来，却不行，说肉就是肉，不能包括其他。普通说话里经常问今天吃什么菜呀，绝对不光指你吃什么蔬菜，甚至就不是指菜，而主要指蔬菜以外的物品。上海话里有时还加上一个小字，"吃啥小菜？"也是同样的意思。推想上述这些个"菜"应该是菜看之省称，所以可包括一切供喝酒下饭时用的佐食。看本来就是熟肉的意思，菜看本就包括所有的荤素在内的，一省去看字，还是这个意思，但未免让人觉得怎么肉也是菜了？而且由于菜是看馔的总称了，有的地方说到肉时还用到"肉菜"这样的词，以表示不是蔬菜。

的确，本来菜只是蔬菜类的总称，那位憨女婿理解并不差。《国语·楚语》里说："庶人食菜，祀以鱼。"这是不包括肉的，菜真不是肉。韩愈《谏佛骨表》有"昼日一食，止于菜果"，也还是只指蔬菜。至于将菜一字代替菜看，包括鸡鸭鱼肉鲍参翅在内，恐怕不是太早。《汉语大词典》最早的书证也只举到《儒林外史》而已："都是些燕窝、鸭子、鸡、鱼……那菜一碗一碗的捧上来。"

喝酒吃饭时的佐食历来有各种说法，菜只是最简单普通的称呼而已。举《水浒传》第四回为例，说鲁达来到代州雁门县，遇见被他救过的金老，随他到家，"春台上放下三个盏子，三双箸，铺下菜蔬、果子、下饭等物。丫环将银酒壶荡上酒来，子父二人，轮番把盏。"这里请人喝酒的东西就有菜蔬、果子、下饭三种。菜蔬应该就是不包括鱼肉的纯粹蔬菜了。而下饭恐怕要包括鱼肉之类了。中国向来以肉为重。古时候吃肉并不容易，所以汉代规定七十以上老人在吃肉方面要特别受到照顾。宋朝时经济发达，肉食较过去丰富，所以推想这里"下饭"一词或许应该包括肉食，否则何以表示诚挚谢意？现在"下饭"一词表达喝酒吃饭时的佐食之物，已不见于通语，但在宁波话里依然保留。这个词看来是从北方流传到南方的，而在北方却消失了，这也是词语传播演变的一个重要现象。

更偏远一点的闽南，则不说"小菜"、"下饭"，而称"物配"。我还没有找到什么书证来追索这个词是从哪里来的。厦门人当然也把一切佐食说成菜，他们一般这样问：吃饭"配什么菜"？或简单地问"配什么"？也属于闽方言区的雷州，更将物配发展为"物配母"一词，意指最常见的下饭菜，于穷人而言就是萝卜干一类。

"者"字的古代读音

"者"字今天读 zhe，这是小学生的知识，如果问这个字古代如何读，恐怕不知道的人是绝大多数。按照学术上古音的构拟来研究，恐怕很复杂。但我们可以通过由其作为声符的一些字去作大体的推测。都、堵、猪、箸、著、屠、渚、诸这些字，都以"者"为声符，其读音的韵母都是 -u，因此似可认为"者"的古代读音，其韵母也应该是 -u。进一步而言，"都"与"堵"今均读为 du（略去声调，下同），"猪"与"箸"在普通话里虽然读 zhu，但在厦门郊区却仍读 du（这也是礼失求诸野的佳例）。"著"则至今在闽方言里还读 du。至于上列"屠"与"都"、"堵"读音的区别，在今天只是声母的送气与不送气之分而已。所以是否可以大胆猜想，"者"字的古代读音与 du 相去不远，与今天的 zhe

则相去甚遥。以上这些以"者"为声符的字，因为字形的差异，在今天的字典里多随不同部首分部别居，让我们不易觉察其语音上的共同性。古代因为写诗的需要，按韵编排的字书则得到较大的重视。"者"从 du 到 zhe 的演变途径，很可能是声母先变，如"渚"与"诸"字韵母未变，而声母已变，是否说明了这一点？以今天读音的"者"作声符的字，最突出的是"锗"，这是二十世纪才创造出来的新字，所以与上述诸字的读音完全不同。

这种声符本身已经发生音变，而由其构成的字却保持原来读音的例子还有不少。如"秀"字，今读 xiu，但古代可能读作 tou 或 tu（顺便说说，今长沙话所有普通话里的 –u 韵皆读 –ou，"吐"读 tou，"路"读 lou，"粗"读 cou）。这一点从"透"字已大致可推出。如果再往前追溯，更可说明问题。被称为革命圣地的延安，由流经其附近的延河而得名。延河是古代吐延水的简称。吐延水在古代典籍中也有写作秀延水的，可见秀、吐同音。再看字形与秀相近的"秃"，也是读 tu，以秃为偏旁的"颓"读 tui，或可知"秀"字古代读音绝不会是 xiu 了。类似的情况还有以"非"为偏旁、以"发"为偏旁的字。非的今读音是 fei，按钱大昕发明的古无轻唇音的原理，此字的声母必然是重唇音，这从"排"字的读音可以看出点影子。最可怪的是，"咖啡"一语本是为了翻译 coffee 而发明的新词，但这个词在厦门却读作"哥逼"，将"啡"

字的读音复古了，反映出"非"字在古代的确读 bi。"发"字今天也读轻唇 fa，但"拨"字的声母却是重唇音 b-。

上述例子似说明，作为声符的字，其读音变化可能比由其组成的一类字要快得多。当它们本身的读音变得面目全非时，我们由其所组成的一批字的读音倒可约略推想这些作为声符的字原来的读音。

将错就错的西洋地名翻译

　　慕尼黑是德国巴伐利亚州首府，德国的第三大城市，仅次于柏林与汉堡。不过它的赫赫有名不在于其城市规模，而在于其啤酒节以及慕尼黑协定，这个协定代表着西方国家对纳粹的绥靖政策，与第二次世界大战息息相关。但是这么有名的地方，如果你以 munihei 这个对音到德国去寻觅，那德国人多半听不懂。因为这个译音并非来自其原名的拼写 München，而是从英文的转写 Munich 而来。按其德语原读音，应该近于中文的"明兴"。英语转写是简化了，但中文译音却不但是繁化了，而且扭曲了。

　　中国人谙英文者多，而习小语种者少，欧美许多非英语国家地名往往从英语转译，而不直接从该国语言译来。如著名的意大利文艺复兴运动发源地佛罗伦萨（或译佛罗伦斯），也是从英语

Florence 转译而来。其意大利原文为 Firenze，徐志摩将其音译为翡冷翠，可谓独具匠心，既合原音，从汉字字面上看来又有典雅之气。但在多数场合下，此一译名并不流行，还是佛罗伦萨在大行其道。

错得更离谱的自然是我过去已经说过的葡萄牙。其实一开始，在晚明葡萄牙人刚刚东来的时候，葡萄牙的译音叫做蒲都丽家或博尔都噶亚，与原音相去不远。后来受闽南方言的影响，才变成葡萄牙。至于现在所说的英吉利与英伦三岛中的"英伦"，都是从粤语而来。前者是 English 的音译，后者则是 England 的对音。所以我头一次在美国西海岸乍一看到"屋伦"这个地名时，一时不知是什么地方，后来才知道是 Oakland 的广东人叫法，正如称 San Francisco 为三藩市一样。前者的现在译法是奥克兰（与新西兰的 Auckland 的汉译同），后者一般不用其音译"圣弗兰西斯科"，用中国叫惯了的别名旧金山。但严格说来，这些并非错译，是以方言译而非以通语译，而现在却以通语的发音来读，所以感觉上是译错了。还有些译名今已不用，如莫三鼻给，如塞拉勒窝内，都已改成字面上与原音更加对应的莫桑比克与塞拉利昂。前两个译音恐怕也与方言相关。

附带说说，中国近邻的一些国名与地名比较特别，有的不是译音的，如缅甸。这是中国特有的叫法。在英文里称 Burma，几年前已宣布改名为 Myanmar。但由于中国人对其称呼并非译音，所以这一改名对中国没有影响，仍以缅甸称之。但倒过来，并非译音的韩国首都，原名是汉城，这是朝鲜人自己起的名字，最近改成译音的首尔。而且这两个字是时任汉城市长的李明博所提出的，这倒是首次有外国人给中国人提出这种要求的。因为名可以从主人，但译音用字却是依客人的方便的，不见有美国人要求中国人翻译洛杉矶或纽约非要用他们指定的字眼的。不过中国一向以礼仪之邦闻名，所以从善如流，采用了首尔的译法，也算是对主人的尊重吧。

皇家与王朝

　　"皇家"与"王朝"这两个词长期以来，在许多场合一直用错，但大家习焉不察，已经积非成是。比如秦王朝、雍正王朝之类，就是完全的错用。因为中国自秦朝以来就是一个皇权专制的中央集权制国家，掌握国家最高权力的是皇帝，与中世纪西欧王权政治下的国王不同。因此，讲中国的朝代只能用"皇朝"而不能用"王朝"。"王朝"在中国的错用大概起于翻译，因为早期翻译 dynasty 为王朝，这用来说西洋史本来无错，但沿用到讲中国史显然就不对头了。

　　其实如果不是有译词作梗的话，中国人自己在编史时，却是不会用错的，清朝末年编了一部篇幅很大的地理著作，就叫《皇朝地理志》，绝不可能会称作王朝地理志的。即在民间，也一样讲究，记得小时候看墓碑上的碑文普遍写的就是"皇清显考某某之墓"，不会有人糊涂到写成"王清"的。口头上讲故事也都是用皇亲国戚，很少有用王亲国戚的。

倒过来，西欧的王室尽人皆知，他们的国家元首是国王而不是皇帝，因此如"英国皇家协会"这样的招牌也是用错了的。英国只有国王与女王，哪来的皇帝，又怎能称作"皇家"协会？这也是译者的毛病。1793 年，马戛尔尼使团访问中国，其副使斯当东回国后写了一本书，书名就是 *An Authentic Account of an Embassy From the King of Great Britain to the Emperor of China*，虽然在不列颠前面加了一个"大"字，但其元首却只是"王"，而中国前面虽不用"大"修饰，却必须称呼为"皇帝"。在中国历史上，王都下皇帝一等。在汉代，诸侯王自然是在皇帝治下。明朝的藩王，清朝的亲王自然也都是皇帝所封赐。西洋历史上也偶有称帝者，如罗马帝国的皇帝，如拿破仑的称帝。但这是个别或一时的称呼，与中国两千多年一以贯之有大大的不同。所以英国人既自称为王，就不必译 royal 为皇家的，如英国皇家协会之类应该改为英国王家协会才是正译。香港著名娱乐公司还有称为英皇的，更是与英国王室浑身不搭界。

再往开了说去，中国人译欧美国家名称多有美化之嫌。美利坚、英吉利，无一字不是好字眼，就是法兰西、德意志也都不差。尽管有些译音是由方言而来，但选择字眼时或许有所讲究。反观日本，则随意，甚且有些促狭。如译美国为米国，米是供我吃的。译俄罗斯为露西亚（当然也有译鲁西亚的），露水被太阳（这是日本人信仰的天照大神的象征）一晒就干。译德国为独逸，也不很妙。也许两国的译法有别，是中日国情不同的缘故。中国素称礼仪之邦，据云慈禧太后曾有"宁赠友邦，不与家奴"的训谕，自然是以洋人为上，国人为下了。浸润之下，有些译语也就不太正常了。

汉语用字的地域差异

汉语用字是有明显的地域分异的。显著的是地名通名的分异，其中有许多是方言不同所引起，有的字不易写出，暂不涉及，先举最普遍的一个通名分异的现象。所谓通名即指一类事物或现象共有的名称，与专名相对而言。专名则是此事物或现象的专有称呼。

中国古代河流水道的通名是"水"。成书于公元六世纪的《水经注》记载了当时全国一千多条大小河流，这些河流的通名基本上都称作"水"。不像现在的通名，或称"江"或称"河"（小的叫港、汊、浜，山间的叫溪、涧等不论）。中国最长的河流称为江水，象征中华文化渊源的黄河，称为河水。但是后来，水的通名虽依然存在，但江、河二字却成为大部分河流的通名，而且很明显地发生了地域的分异，那就是江水以北的河流，其通名为河，江水及江水以南的河流，其通名为江。首先是最大与最重要的两条河流变成黄河与长江。河水因其色黄而称黄河，江水因其绵长而名长江。长江上游叫金沙江，长江支流有岷江、黔江、汉江、湘江、赣江等。黄河支流有渭河，有洛河。陕北有著名的延河，辽宁则有重要的辽河。

长江与黄河之间有淮河，这是划分中国南北方的标志性河流。长江以南的大河流有珠江，其主干是西江，最重要的支流有北江、东江。浙江省得名于同名河流，这条河流现通称钱塘江。福建主要河流叫闽江，另一条叫九龙江。

这种江、河称呼的地域分异虽然明显，但却也有例外，最大例外在东北，有黑龙江与松花江，有中朝边境的鸭绿江、图们江。南方也有例外，珠江上游有一段叫红水河。但正如马克思所言，例外只是证明一般。而且东北这数条江的名称都很后起，其时命名已脱离一般的通例。虽然江、河作为通名已经有地域分异，而水作为通名仍然存在，尤其是小一些的河流，如湖南的醴水，江西的修水，就不大称为醴江或修江了。

附带要提及的是，古代不但河流水道的通名称作"水"，而且专名用字也多用"氵"旁的字，江水、河水自不必说，淮、汉、济、漳、渭、泾、湘、潇、浙，在在皆是。近来出土的秦代封泥有"潦东守印"，是秦代潦东郡守之印。在传世文献中，潦东郡一直写成辽东郡，该郡自然得名于辽（辽）水。而从封泥的出土，可以说明古代的辽水应该是写成潦水的。汉字自古以来十分规范，所以河流水道的专名也都要以"氵"为偏旁。但在中国疆域大大扩展以后，河流数量也随之大幅度增加，到《水经注》时代，专名已经不可能都带"氵"旁了，而且专名也不限于只用一个字了。

用字的地域分异，不止在上述的地名通名方面，还有其他表现很明显的，如北方多用今天、明天，广东话要用今日、ting日，闽南话要用今（读 –a）仔日、明（读 mi）仔日，吴语多用今朝、明朝。天、日、朝分别用于不同地域，与汉语的历史变迁有关，限于篇幅这里就不展开了。

方言进入通语

　　"高企"、"企稳"这样的词已经成为经济学上的新词，让人感到有点专业化的味道。其实这不过是将粤方言直接搬到通语——即普通话里，企稳就是站稳，高企就是立于高位，原来不但没有什么学术含量，而且说得不好听一点，完全是一种土话，这正如同当年李善兰将"细胞"纳入植物学的范畴，成为专门的学术用语，而其本来意义在吴方言里无非是"小胞"的意思，一点也不神圣。

　　方言进入通语是普遍而且长期的现象，但如果是北方方言，接受起来不但容易，而且读音不会走样，意义也较显豁，因为现在汉语的通语——普通话是以北方方言为基础的。如近来东北方言的"忽悠"，就俨然成了全民语言了。至于北京方言进入通语，更是容易。电影里的北京话很容易就被以为是普通话而被大家现成地接受了。只有如"媳妇"这个词，南方还有相当多的人不能接受，尤其是中老年人。因为这个词在南方是指儿子的老婆，而在北方却指自己的老婆，差别太大了。

除了语词由方言进入通语外，语法现在也有这样的现象。例如闽方言的"我有去"，已经有不少北方人在用，起先可能觉得有趣而模仿，结果是渐成气候，有不少人已经用惯了。不过如"给我一个理由先"这样的话，则是刻意模仿广东话而造出来的，在特殊场合用着开心的，还没有成为通语的用法。

至于用方言语音来翻译外文词语，再进入全民语言，就因为只是汉字字面的转移，而不发生表音汉字的变化，于是用普通话来读就会出现偏离外语原音太远的现象。例如最近很流行的吊威亚、吃芝士就是这种情况。"威亚"无非就是钢丝 wire，"芝士"则大家知道就是奶酪 cheese，用粤语发音则这两个词都差不离，但用北方话说，与英文原音相较比较离谱了。不过这种离谱其实早已有之，最最常用的就是"打的"，这是从"的士"再延伸出来的。粤音的"的"读来近于 de 而不是 di，"士"近于 xi 而不是 shi。所以"的士"用粤音读是近于 taxi 的，但用北方话来念，就差得多了。不过已经成为习惯，也就无妨了。至于威亚与芝士，则目前还是有点别扭。而且有的来华的西洋学生开玩笑说，我们好不容易学会说奶酪了，你们却已经改吃芝士了。

　　还有些与语音语法关系不大，主要是语义进入全民语言的，显然大大地丰富了通语的表现力，如粤语"烂尾楼"一词就最典型，极其形象，现在已经普遍使用。买单、搞定虽然与粤语习惯书写的埋单、搞掂在语音方面有些偏离与转移，但从字面上看，意义上还能够圆满自洽，现在很自然地都成了全民语言，这些例子不能不说是方言对通语的重要贡献。

因读音变异而制造的新字

　　汉字字数之多，令来华的西洋人大为吃惊，被视为认识中国文化的拦路虎。十六世纪末来华的天主教传教士对汉字总数的估计大大超出了实际的字数，有人认为至少有八万字以上。其实没有那么多，一直到清代编《康熙字典》，也只收四万七千多字，晚明时的汉字不可能有八万之多。据说最近编辑的更大规模的字书已经收字达八万，但不知道有没有权威性。不过有一点是明白的，汉字并非从来就有这么多，而是随着年代的推移越来越增加的。东汉时期编辑的，中国第一部以部首排列的字书《说文》收字不到一万，后来字书所收字数就越来越多，直到今天的数万。

　　汉字的增加有许多原因，一是表达的需要，原有的字不够表达新的意思，便要制造新字。由于汉字的造字功能很强，所以很容易孳乳出新字来。汉字的增加还有另一个重要原因，那就是因为字的读音发生变异，而产生新字。汉字非纯粹表音文字，一个字的读音从字形上没有办法确定。我过去举过一个例子说，"龟兹"的读音大家知道不能读 gui zi，那样就显得没有知识了。因为颜师古给《汉书》作注时说这两个字应读为"邱慈"，所以这以后大家就都读为 qiu ci 了。但颜师古是唐朝人，我们怎么知道在唐朝"邱慈"这两个字应读什么音呢？因此读成 qiu ci 还是靠不住的。

由于汉字的非表音性质，就往往使得字音发生改变后，不得不制造新字了。胡适就注意到，"逢"字的声母因为从重唇音改读轻唇音了，于是为了保持原来的读音以保持原来的意思，不得不制造一个"碰"字来。逢面变成碰面了。这类现象其实很普遍，方言中有许多字的读音在老的字书查不到，于是在新字书里就为其制造一个，这就增加字数了。吴语读"搅"的音为 gao，这本是该字的原读音。今天北京话读其为 jiao，是后来声母出现舌面音 j，q，x 的缘故，而古代是没有这些声母的，这一点体现在南方汉语方言里。如"敲"，湘方言与吴方言皆读 kao，闽南话读 ka（上声）。北京音后来成为汉语共通语的基础，"搅"字的新读音由一方之音变为通语，于是为了表示"搅"的原读音，不得不另造一个"搞"字，有人甚至明确地说这个字是抗战时期夏衍在桂林时创造的。

　　不过这个"搞"字的字形在古代的字书《玉篇》上已经出现，只是意思与今天完全不同。而且虽然有少数字书收了此字，但在传世文献上极少见其使用，因此今天的"搞"字不妨说是新创（当时造此字的人未必知道古代字书的事），而且未曾想今天成为使用频率最高的字之一，几乎是什么事都可以拿来搞一搞，从搞工作到搞对象无所不能。类似的例子还有许多，以后陆续再作介绍。